LA VEUVE DE L'ESPADON

de Philippe CABOT

LE CENTRE D'UN FEU

Je sais qu'avant d'être imprimé, mon livre sera lu par l'Organisme Collectif Indépendant.

Ce n'est pas parce que je connais personnellement tous ses membres et que la plupart sont même de bons copains, n'est-ce pas Robegna, que je leur réclamerai une mansuétude particulière. S'ils pensent que quelqu'un, parmi les gens, puisse être choqué par ce que j'écris, je les supplie d'accomplir leur travail purificateur. Je ne veux meurtrir personne.

Je maudis les trembloteurs qui ragotent que les membres de l'Organisme Collectif Indépendant sont de grosses blattes désœuvrées qui lisent en pointillé les livres qu'on leur soumet ou qui ne savent même pas lire ou qui liraient en entier seulement le premier chapitre, selon les versions les plus dévissantes. Un premier chapitre trop court d'une clarté épistolaire aveuglante alerterait mes bons amis de l'Organisme ? Il indiquerait un auteur agité de sentiments disparates, impatient de cracher sa bile ? Alors qu'au contraire, un premier chapitre long et mal fichu ballonné de digressions sans queue ni tête, rempli de harangues Patriotiques obséqieuses jusqu'à l'écoeurement suivi d'autres chapitres aux titres énigmatiques endormirait leur méfiance ? Comment croire que la longueur du premier chapitre et le déchiffrage des titres des chapitres suivants déterminent pour mes camarades du Collectif la qualité de l'écrivain ? Comment oser penser que l'obséquiosité jusqu'au dégueulement pourrait ne pas être soigneusement discernée par mes plus émérites compagnons ? C'est faire insulte à leur sens du devoir, du Collectif et de l'Indépendance Organisée, les considérer comme des êtres primaires. De plus, sachant cela, l'auteur agité de sentiments disparates serait bien mal avisé d'écrire un premier chapitre trop court. Ceci démontre bien l'absurdité de ces hypothèses dévissantes.

Je vous fais remarquer en passant que l'Organisme Collectif Indépendant est uniquement constitué de PPIN, Personnalités les Plus Importantes de la Nation, et que j'en fais partie. Ceux qui veulent blesser mes valeureux semblables me touchent en plein cœur. Qu'ils sachent que nous viendrons bientôt les déloger des arrière-cuisines puantes où ils se terrent et leur péter les dents à coups de marteau, pour commencer. Mes propres amis savent lire. Ils savent déceler avec astuce la subversivité d'un propos. Ce sont des chercheurs de haut niveau. Malheur à celui qui douterait de leurs qualités. La meilleure preuve qu'ils travaillent bien, la voici : qui a lu récemment un auteur agité de sentiments disparates ? Il n'y en a plus, chers jeunes lecteurs. Ils ont été graduellement convaincus de leur propre négativité. Ils se sont éteint tout seuls, noyés dans la flaque de leur échec à parvenir à donner un sens à leurs troubles psychologiques, grésillant par à-coups comme des réverbères mal installés. Non, ne croyez pas les trembloteurs.

Je ne fais pas ici le procès de l'installation des réverbères, planifié à grand frais bien employés par notre Collectif de Réverbération. Il y a des Mondes entiers bien éclairés par de puissants réverbères, voyez le Monde des Banques ou celui des Organismes Indépendants. Pas un grésillement ne trouble la douce lumière réverbérique à ces endroits. Il existe peut-être dans les soupentes de la ville un ou deux réverbères qui grésillent et les promeneurs le supportent mal. Ils me font rire ceux qui ont l'idée saugrenue de se promener dans les soupentes de la ville pendant nos courtes nuits, de plus en plus courtes il me semble. Je ne peux que leur conseiller de choisir avec soin leurs lignes de promenade en respectant les heures auxquelles il convient de les emprunter. Promeneurs du soir, regardez où vous mettez les pieds.

Pour en finir avec les rumeurs, je voudrais tout de suite porter un coup fatal à celle que je sens s'agiter comme un stupide lombric affamé. Je n'ai pas été choisi par privilège pour écrire le « prochain livre ». J'ai postulé comme tous ceux qui veulent écrire le « prochain livre », j'ai suivi le chemin administratif normal, j'ai été l'objet des Enquêtes Appropriées Soigneusement Menées par des personnes très compétentes et très aimables. Je ne dis pas cela par flatterie, je connais ces personnes personnellement, certaines depuis fort longtemps. Nous nous apprécions mutuellement. J'ai postulé et j'ai été choisi. Les autres n'ont qu'à attendre patiemment leur tour. Un lombric était une sorte de serpent minuscule qui vivait sous terre, oui, vous lisez bien, sous terre ! Évidemment, cela a entaché sa réputation et hâté sa disparition. Déjà, ressembler à un serpent...

J'ai eu envie de vous raconter une belle histoire animalière pleine de fraîcheur car je sais que ce sont celles que vous préférez. En l'occurrence, c'est une histoire de poissons. Les poissons sont des espadons. Il y a un enfant, il s'appelle Wilz. Sa maman s'appelle Warda. Le père se nomme Nurz. Ils ont des difficultés à se positionner les uns par rapport aux autres, comme cela arrivait dans tous les foyers. C'est une histoire familiale. Cela a semblé suffisamment intéressant à mes chers amis pour qu'ils me décernent l'unanimité de leurs suffrages. C'est tout. J'en suis fier.

Chers jeunes lecteurs, comme ce livre vous est destiné, vous me pardonnerez d'en utiliser l'espace de temps à autre pour vous éclairer sur tel ou tel point qui pourrait vous sembler obscur ou abscons, ou pour renforcer votre convictionnabilité qui a encore le droit d'être légèrement flottante à vos âges mais plus pour tellement longtemps. Petits orphelins toujours fourrés dans les mauvais coups, toujours à mécontenter vos maîtres, charge reconnaissante pour la Patrie, ne vous découragez pas. Ce n'est pas parce que vos parents ont disparu ou n'ont jamais existé, dans la plupart des cas, que vous ne serez pas élu sur les listes de lecteurs potentiels des livres restants. Vous avez pratiquement le même nombre de chances qu'un jeune normal de pouvoir espérer feuilleter mon livre. Ce n'est pas de votre faute si vos parents ont disparu. Ce n'est pas parce qu'ils avaient honte de ragoter à l'excès que vous devez vous sentir coupables. Ce n'est pas non plus pour cela que vous devez ressentir la moindre solidarité avec ces déviants. Un déviant est un dévissant en puissance et un déviant de votre famille est un dévissant en puissance comme les autres duquel vous ne devez pas vous sentir proche, que vous devez dénoncer aux autorités, et qui mérite son châtiment, mettez vous bien ça dans vos caboches d'orphelins qui sont bien connues pour refuser souvent le meilleur que peut leur proposer la société. Vous savez que rien ne vous empêche de construire votre Vie Personnalisée même si c'est plus difficile pour vous parce que vous vous croyez seuls. Ne vous croyez surtout pas seuls. Vos maîtres vous écoutent, ils sont là pour ça. C'est inscrit dans la Constitution. Jeunes gens normaux et jeunes orphelins, vous ne le savez peut-être pas, un foyer est l'endroit où se trouvaient généralement un homme, une femme et leurs enfants. Ils y vivaient de façon familiale, réunis pendant un temps assez long. Un foyer désignait également le centre d'un feu. Pour être tout à fait précis, il exista dans notre passé des périodes peu glorieuses d'abattement identitaire de nos Valeurs Actuelles au cours desquelles un foyer a pu être composé de deux hommes ou deux femmes et leurs enfants. Ne songez pas à ces monstrueux anachronismes disparus. Les horreurs de cette sorte ont été patiemment combattues et n'existent plus. Pour preuve, qui a vu récemment des horreurs de cette sorte ? De toute façon, les Etudes Scientifiques Diligentées Par Le Gouvernement ont finement conclu que les foyers ne servaient à rien. Cela s'est produit antérieurement à la création de la Vie Personnalisée et a certainement favorisé son émergence et sa stabilité et nous en sommes arrivés là où nous en sommes et c'est bien comme ça, non ?

Je me plais à t'imaginer, Robegna, très cher compagnon, en train de lire ces lignes. Tu me connais, toi, plus que quiconque. Je sais que tu souris intérieurement sans méchanceté car tu me crois embarrassé. Pour te prouver le contraire, je commence de suite.

PETITE TÊTE

Wilz vit un trou et tenta maladroitement de l'atteindre. Tout ce que faisait Wilz était maladroit. Il avait quarante neuf marées et ne songeait qu'à explorer les trous du gros rocher. Dans sa petite tête, le bébé poisson se voyait filant vers son but comme un trait noir mais il n'avait pas encore dompté ses nageoires. Il avançait, tordu comme un éclair ou frétillant comme une mitraillette, tout heureux de savoir frétiller.

Il oublia qu'il avait visé un trou, confondit la frontière et le fond, s'empêtra dans les algues mauves et termina sa course à frotter son jeune cuir d'espadon sur la roche sans prendre garde à la douleur. Il éclata de rire et disparut en nageant à reculons.

- Âge bienheureux où ce qui devrait faire mal fait rire, songea Warda la grise.

Warda mesurait presque onze mètres de la pointe de sa flèche au dernier petit bout de sa queue. C'était l'espadon géant, le phénomène unique. Elle ne quittait jamais son fils des yeux. Toujours, Wilz s'en souviendrait ainsi : une ombre gigantesque, encerclée de lumière, immobile et patiente, pleine d'amour pour lui, en apesanteur au-dessus du gros rocher inondé de lumière, à cinquante six coups de queue de la frontière pour un espadon et sept cent soixante quatre mille coups de reins pour une crevette.

Warda avait grandi à cet endroit, en prise directe avec les âmes des espadons disparus. Tous ceux qui l'avaient précédée. Depuis mille milliards de marées minimum, c'était le coin des espadons.

De vieux poissons-lune mendiants censés garder la mémoire du temps qui passe mais qui ne se souvenaient même plus des enchaînements qui conduisent aux déflagrations, on n'en voyait plus très souvent mais il en restait, juraient que l'espadon originel avait été créé ici-même par la baleine rouge à partir de roches en fusion.

L'espadon avait supplié la baleine rouge de lui donner quelque chose pour se défendre. La géante au sang chaud, maîtresse de l'océan, avait arraché une pointe du gros rocher pour la transformer en flèche solide. Elle l'avait profondément fichée dans le museau de l'espadon afin que sa créature put combattre dignement ceux qui auraient osé la défier. Ainsi était-il né.

D'autres vieillards, un rien gâteux mais guère plus que les précédents, affirmaient que les espadons vivaient là depuis bien plus longtemps encore, avant que la terre ait vaincu l'océan pour créer la mer intérieure au cours de la dernière grande bataille élémentaire, des milliards de marées avant que la baleine rouge n'eut acquis sa couleur bleue. D'après eux, c'était l'espadon qui avait créé la baleine rouge.

L'histoire dépendait de la tolérance du moment envers les croyances sacrées, du poisson-lune rencontré, du degré de flageolance de ses neurones et surtout de sa faim. S'il faisait un joli conte qui donnait la part belle à ceux qui l'écoutaient, il était sûr d'être nourri. A la vérité, tout le monde s'y perdait car ceux qui connaissaient vraiment l'histoire étaient morts en emportant la vérité. Depuis toujours, c'était le coin des espadons.

CLARTÉ DES QUESTIONNEMENTS

Ah, tu vois, Robegna ? Je t'en bouche un coin là, non ? Tu ne l'avoueras pas mais je sais que tu ne me croyais pas capable d'écrire le début de cette histoire. Tu craignais que je ne parle que de moi. Tu pensais que j'allais prendre le prétexte d'une aventure animalière pour raconter ma vie, je n'invente rien, tu me l'as dit.

Mais ma vie n'est plus ma vie, elle est une Vie Personnalisée parmi toutes les autres, bien Identifiée, toujours Prête à Servir malgré son Vieillissement Personnalisée, elle n'a rien à voir avec la vie d'un espadon. Je n'ai pas de flèche au bout du nez.

Je ne suis pas né sous l'eau mais à Tipita et je n'ai nul besoin de me projeter dans une charmante fable sans prétention car mes sympathiques jeunes amis lecteurs savent bien qui je suis. Pourtant, la moindre des politesses consiste à me présenter en quelques mots.

Je m'appelle Mikel Antoniès. Les gens de l'ouest m'appellent Mike, Miki, Mik the Kik. Ils jouent avec les lettres de mon nom et avec les traits de mon visage dont ils ornent les couvertures de leurs innombrables magazines culturels, leurs mags-cul, comme ils disent.

Je suis célèbre à peu près partout dans les Mondes. Je suis l'homme qui a fait la photo de Tipita, unique, vue de la mer, toute ma petite ville étalée là comme un joyeux tapis cerné de bleu, le soleil du matin prêt à bondir posé au sommet de la plus haute montagne à l'horizon. Ma photo a fait le tour des Mondes. J'ai eu beaucoup de difficultés pour réussir à la faire, rien ne me préparait à être photographe.

J'habite l'appartement du regretté bon docteur Rosario au dernier étage de l'immeuble le plus ancien de l'avenue du Docteur Rosario que tout le monde appelle l'avenue Rosario. Les jeunes normaux, avec leur gentille manie de tout simplifier, la nomment L.R., La Rosario. Elle est en plein centre du vieux Tipita, que la jeunesse me pardonne je ne parviens pas facilement à l'appeler « Tip » mais je vais me forcer. C'était autrefois la seule avenue de notre village, une seule avenue vous vous rendez compte ? Qui pourrait le croire aujourd'hui ? Oui, Tipita était une bourgade assoupie avant que tous nos Mondes ne choisissent son nom par hommage à sa fulgurante ascension. J'ai vu Rosario vivant. Je l'ai bien connu. Ce grand médecin m'a même soigné pour ma paralysie lorsque j'étais enfant.

Je suis né dans une famille de pauvres pêcheurs, il n'y en avait pas de riches. Dans l'ordre des choses, j'aurais du succéder dignement à mon père mais je fais partie de l'humble minorité qui s'est dégagée lors d'un R.P.S., Référendum sur les Problèmes de Société. 14% des habitants de nos Mondes pensent comme moi que l'ordre des choses est fantasque, 71% sont persuadés au contraire que l'ordre des choses est bien établi, le reste n'a pas d'opinion. Pas d'opinion ! Heureusement que de R.P.S en R.P.S ce nombre de Tipitéens non-Convaincus baisse de façon systématique sans jamais remonter. Encore une preuve, s'il en fallait une, de l'excellente clarté des questionnements R.P.S. Et toujours plus de votants !

A l'aube de ma Vie Personnalisée, avant nos éclatantes séries de progrès, mon père m'emmenait régulièrement à la pêche avec lui. Tous les jours, à 5 heures du matin, nous parcourions de petites ruelles étroites, montantes, fraîches l'été, au pavé glissant l'hiver. Il y avait de petites maisons blanches serrées les unes contre les autres et des cafés cachés offrant à boire et à manger pour pas bien cher.

J'aimais la mer. Je savais appâter, tendre les palangres, me tenir tranquille sur la barque. Mais au moment où le poisson mordait, mon petit index se tendait en vibrant, ma main enflait, mon poignet devenait dur comme l'organe tranché d'un mort oublié au soleil. Impossible de remonter mon fil. Oui, votre plus grand photographe vivant, Mikel Antoniès, a été un petit paralysé de l'index. Je ne suis jamais parvenu à sortir un poisson. Pourtant, il y en avait. Mon père connaissait un coin fabuleux qu'il n'indiqua à personne, même pas à moi, car il me considérait comme un traître. Il n'a pas supporté l'idée que je choisisse une autre voie que celle de pauvre pêcheur.

Cette profession a disparu. S'il n'y a plus de pêcheurs, ce n'est pas parce qu'il n'y a plus de poissons, c'est parce que les activités humaines évoluent comme le reste, voilà tout. Regardez par exemple le nombre quotidiennement croissant de bateaux de promenade en mer. Trouver encore de la place pour construire les ports qui les accueillent relève de l'exploit. Permettez-moi de tirer mon chapeau aux Nouveaux Bâtisseurs dont l'ingéniosité est renversante. On dira ce qu'on voudra, ces bienfaiteurs savent construire des ports là où quelqu'un qui ne sait pas construire de ports ne penserait jamais à en construire un.

Nos goûts changent. Nous sillonnons la mer mais personne ne songe plus à s'y baigner. Par contre, nos Piscines sont remplies. Ce n'est pas parce que la mer est dégoûtante et qu'on y agoniserait dans d'atroces convulsions rien qu'en y trempant le petit doigt. Je ne m'inscris pas parmi l'infime minorité de nos concitoyens qui la considèrent comme un cloaque, d'après un Sondage Récent Autorisé. Ce chiffre diminue lui aussi approchant pas à pas de l'anéantissement. Notre mer intérieure se régénère sans tenir compte de ces Dernières Peurs Obscurantistes Partagées par Le Plus Grand Nombre. Toutes les Etudes Scientifiques Diligentées Par Le

Gouvernement le prouvent : notre mer n'a jamais été aussi propre. Elle est en dessous des normes de pollution établies par les Autorités Compétentes Indépendantes. Que les pleurards complotistes minés par les D.P.O.P.L.P.G.N. lisent les E.S.D.P.L.G. et se le tiennent pour dit. A présent nous aimons mieux les Piscines, il n'y a pas à chercher plus loin.

 Tirer son chapeau, c'était le soulever en signe de salut vers une personne que l'on rencontrait qui soulevait le sien en vous voyant. Un chapeau se portait sur la tête pour se protéger du soleil ou du froid ou pour faire joli. On peut regretter l'interdiction du port du chapeau mais pas la suppression des abus qu'il engendrait. C'était une trop belle cachette pour les fourbes Non Convaincus. La Loi chapeau-bassine est une bonne Loi qui facilite le travail de nos braves BSA. L'été et l'hiver n'étaient que des saisons. Il y avait quatre saisons pour une année, déclinant du froid vers le chaud et du chaud vers le froid, immuables, tournant en boucle, évidemment trop dépersonnalisantes. Les années étaient les mêmes pour tous ! Cela fait frissonner quand on y pense. Le froid a disparu, le climat change, lui aussi, comme nos activités humaines. Pour ne pas subir la puissance du soleil, utilisez les zones d'ombre judicieusement installées par nos Gouvernants un peu partout dans nos Mondes. Vous les trouverez en suivant les lignes de promenade.

 C'est moi qui ai attiré les gens de tous les Mondes ici. Ils voulaient voir en vrai ce que je leur montrais sur ma photo. Ils sont venus de partout, de l'est, de l'ouest, du nord. Je ne doute pas qu'il serait venu des gens du sud s'il en restait encore mais il n'y a plus de trace de vie dans le sud. Tous les Rapports Indépendants de Nos Grandes Compagnies Pétrolières Détaxées qui, entre parenthèses, continuent avec courage à travailler dans le sud désert, et c'est dur croyez-moi, l'affirment. Toutes les Expéditions de Recherche Minière l'ont confirmé. D'après la théorie la plus communément admise, les malheureux gens du sud se sont évaporés au soleil.

Chacun ressent cela comme une tragédie éco-illogique mais qu'y faire ? Les Banques Centralisées Réunifiées Libres ont pratiqué une généreuse politique de crédit tant qu'il restait un espoir puis tout s'est évanoui. Quelle tristesse. Les crédits ont été stoppés parce qu'il n'y avait plus personne à qui prêter de l'argent. Plus personne pour rembourser, plus rien à débourser, comme dit le Bon Sens Populaire. Enfin, ici il y a de la vie et nous sommes en pleine expansion.

Toute l'humanité se presse aux portes de notre Tipita. Les Nouveaux Bâtisseurs bâtissent à tours de bras mais cela ne suffit jamais. Ils font ce qu'ils peuvent et ils le font bien. Nul ne leur reproche de modifier constamment notre environnement. Tout se modifie constamment. Voyez le chemin parcouru depuis le temps où la coutume de compter les années en partant de la mort de JC était solidement établie et semblait certaine de survivre à tous les bouleversements. Aujourd'hui, chacun compte ses années à partir du jour de sa naissance selon la durée qui lui convient. Quel concept d'une simplicité miraculeuse. Glorifions la Vie Personnalisée ou l'Appropriation Personnalisée du Temps qui est son appellation officielle.

Généraliser une date, en faire un repère pour tous est une erreur dont nous avons beaucoup pâti. Il ne faut plus rien dater. Cela embrouille tout puisque tout le monde croit vivre les événements de façon semblable au même moment :

« Dans la grisure

Combats de chiens bâtards

Donnant eux-mêmes

Identification-suppression

Reflets disgracieux

Manichéismes foireux

Fondamentalement

Média-dévissant. »

Comme disait Notre Grand Poète National peu avant sa mort.

J'aurai bientôt fait 50 ans Personnalisés. Pour l'occasion, Tipita m'organise une fête à la Piscine Monumentale. Mes amis, mes bons compagnons, je me fais une grande joie de vous voir tous réunis sans exception pour mon anniversaire. Ça risque d'être un moment épatant et j'espère être à la hauteur. Il y a fort longtemps que je ne me suis pas jeté à l'eau. J'étais un excellent nageur de Piscine avant de cesser de pratiquer. Mon PPP, Permis de Piscine Personnalisé, est largement périmé. Malgré ma qualité d'invité principal j'ai donc entrepris les démarches pour m'inscrire sur les Listes d'Entrée de la Piscine Monumentale comme un sans-permis ordinaire. Je me dois de donner l'exemple justement parce que je suis la PPI, Personnalité la Plus Importante, de Tipita Centre. Robegna qui aime à rire m'appelle affectueusement la pépé. Quelle que soit votre situation ne soyez pas désinvolte avec la Loi, chers jeunes amis lecteurs, et ne vous appesantissez pas trop longtemps sur vos gentilles manies.

COUPÉ EN TRANCHES

Warda ne songeait à Wilz qu'en termes de capacité à faire face au danger. Elle passait ses journées à mourir d'envie de le sauver tout en s'obligeant à ne pas bouger, respiration bloquée d'effroi, lorsqu'il tourbillonnait en heurtant violemment les rochers. Elle ne reprenait le travail de ses branchies que lorsqu'elle entendait le rire insensé du petit qui concluait l'accident. Elle avait peur qu'il meure.

Elle avait presque oublié sa jeunesse et qu'un poisson ne se tue pas en tombant. Elle savait qu'il faudrait à Wilz beaucoup de temps pour échapper à un coup de dents, ne pas se ruer dans un filet, ne pas s'assoupir dans un songe, ne pas embrocher n'importe quoi juste pour le plaisir de séduire en embrochant. Tant des leurs avaient disparu d'avoir trempé leur flèche dans des sucs venimeux.

Elle s'était donc fixée des règles d'éducation simples découlant de préceptes binaires. L'inquiétude engendre la prudence excessive. La prudence excessive rend mou. Un espadon mou ne vit pas vieux. Je veux que Wilz vive toujours. Il faut que Wilz se durcisse. Je dois le laisser jouer sans intervenir pour qu'il réussisse une belle montée.

Il n'y avait qu'une seule première montée dans la vie d'un espadon et elle était vouée à la découverte du plaisir. Elle restait gravée dans sa mémoire et conditionnait la meilleure partie de son existence à venir. Warda ne se sentait pas la force de l'annoncer à son fils. Ses mots étaient pourtant tout prêts :

-   Un jour, tu monteras. Ce n'est pas que j'y tienne particulièrement, tu sais ce qui est arrivé à ton père là-haut, mais bon, c'est comme ça, ta flèche se dressera vers la lumière et, par paliers, cœur battant, tu monteras. Pas la peine de lutter. Il ne faut pas avoir peur. Non, moi je n'ai pas peur, je ne veux plus monter, c'est différent. J'ai fait un vœu et je le respecte. C'est merveilleux ce qui va t'arriver là-haut. Il y a l'eau transparente et les bancs de minuscules poissons invisibles qui te rempliront d'un goût craquant salé lorsque tu vogueras, yeux fermés, bouche ouverte. Il y a la boule jaune et chaude qui vole bien au-dessus de la frontière et après laquelle tu sauteras pour essayer de la toucher.

Elle se souvenait de sa première course qui avait été bouillonnante. Jeune espadonne, elle avait foncé vers la frontière munie de l'irrésistible certitude de parvenir à fouetter de sa queue la boule jaune, gardienne de la deuxième frontière. Sa flèche l'avait tirée vers un saut exceptionnel. Elle en était restée pantelante, engourdie, voguant aux limites de la plage, secouée par de sublimes électrochocs lentement déclinants. Elle n'avait pas touché le soleil mais elle l'avait vu de près et lui aussi l'avait vue.

-   Rien n'a jamais été meilleur, mon fils, voilà ce qu'il aurait fallu dire à Wilz. Rien n'a jamais été meilleur sauf les premiers frottements avec Nurz qui s'y connaissait pour clouer au fond une espadonne et la noyer à demi de bonheur. Nurz, ton père.

Nurz était un espadon nomade, un poisson magnifique, un métisse argenté. Il était vif et fort. Il parlait le dauphin couramment. Il connaissait les huit océans et les cent douze mers. Enfant, il avait nagé sous la banquise dans la soupe râpeuse et glacée. Il y avait rencontré ses parents vitrifiés qui lui avaient conseillé de vivre sans trembler et de fuir ces contrées. Secoué par les contradictions, presque mort, Nurz s'était abandonné à des courants glacés qui l'avaient entraîné vers les mers chaudes. Cette expérience terrifiante l'avait laissé volage et bonimenteur.

Il racontait qu'un jour de grand vent il avait effleuré la boule jaune. Il racontait que mille sharks l'avaient attaqué et que le combat avait tourné à son avantage, qu'il avait fourré sa flèche dans des endroits inimaginables pour une femelle. Il ne se vantait pas de cela, attendant que ce soit Warda la curieuse qui lui demande de se souvenir. Il avait appris à Warda des bêtises de gamin comme sauter près de la plage pour entendre le craquement des arbres, les jours de tempête. Pas trop près, elle avait peur.

- Aucun glissant ne sort pendant la tempête, disait Nurz pour la rassurer. Ecoute un peu ces foutus craquements, est ce qu'on ne dirait pas qu'ils parlent ?

Et Nurz partait à sauter pendant des heures en hurlant pour répondre aux arbres qu'ils n'étaient pas seuls, que quelqu'un avait entendu leurs plaintes. Ces soirs-là, Warda rentrait seule au rocher. Nurz voyait là où il n'y avait rien à voir.

Warda s'ébroua violemment, tellement qu'elle entendit claquer ses vertèbres. Elle entama un immense looping, créant des courants contraires qui arrachèrent à la pierre de vieux décapodes épuisés qui avaient eu bien du mal à rejoindre un endroit où finir. La tête à l'envers, elle se laissa tomber sur le rocher, cassant net une arête de corail qui aurait parié beaucoup sur la tranquillité de sa prolifération au sommet de cette colline sous-marine.

Son tapage était vain, la peur la gagnait, elle revit le corps de Nurz qui crève la frontière, tout tordu de douleur, traversé par un pieu tenu par une main, accompagné par les étranges cris de joie que poussent les glissants lorsqu'ils tuent un poisson. Les vagues qui s'arrêtent et repartent en sens inverse, les trompes assourdissantes des dauphins de tous les océans qui accompagnent les Âmes Justes vers le dernier repli, les plaintes des baleines, fragiles et désespérées, prêtes au suicide car ne croyant pas au mal et la mare de sang qui s'évade, d'abord compacte puis s'effilochant, comme si les globules ne pouvaient découvrir en groupe où mène le courant qui fuit vers l'océan. Warda avait suivi les glissants. Leur barque sentait la peinture et le gazolard. Nurz allait s'en tirer, s'échapper. Il la ferait rire en lui racontant cette nouvelle aventure, une de plus. Warda était restée longtemps en bord de plage, jusqu'à la nuit. Nurz était déjà dépecé, coupé en tranches, vendu en promo, acheté, oublié sur un barbecue, carbonisé.

 Le souffle gelé du dernier repli lui fit serrer les joues. Le dernier repli. Il était là, tentant, chaud et noir comme un sommeil sans rêves, sans plaisir et sans douleur. A quoi bon continuer à vivre ? Pourquoi ne pas s'abandonner ? Warda se força à penser à un shark pour qu'un peu de chaleur lui revienne. Ça, c'était un danger de mort apaisant, moins fort qu'elle. Elle désirait un shark, elle le voulait, elle l'appelait la nuit quand les poissons merdeux dormaient dans les recoins.

- Viens, viens, mon gros, sois bien méchant et bien vicieux. Viens traîner par ici, il y a du bébé espadon à bouffer, tu m'entends ?

 Un shark n'aurait fait qu'une bouchée du petit Wilz le sursauteur, son amour. Il l'aurait croqué sans faim juste pour avoir du sang sur les dents comme il lui arrivait jadis, dans sa jeunesse, de transpercer des poissons aux chairs flasques pour se rafraîchir la flèche. Mais aucun shark n'avait jamais fait le poids face à l'espadonne géante. Un frisson parcourut son grand corps froid et elle s'inclina sans mouvements pour chercher le petit du regard. Ca faisait un bon moment qu'il avait disparu.

- Wilz ? Où est-il passé ? Qu'est ce que je fiche là à me gratter le dos ? Tout à l'heure, il filait vers un trou, lequel était-ce

Les sharks passaient au rythme des saisons. Les bandes avaient toujours soigneusement évité le rocher. Les terribles frémissements de Warda la splendide n'avaient pas terminé de se propager et protégeaient encore l'endroit. Plus pour longtemps, car d'autres ondes puissantes commencaient à les remplacer. Celles de Warda la mollasse, entre deux eaux, fuyant le visage de la mort, vieille folle grisâtre immobile, amoureuse du dernier repli, inconsolable veuve. Elles courraient frapper les contrées froides, portées par les vertigineuses vagues noires qui paissent au-dessus des ravins. Une bande de rôdeurs avait été soulevée par une de ces lames géantes. Le chef de la bande, un colosse glaciaire nommé Donk, fut assourdi par le cri qui traînait aux franges de l'écume colérique. Un cri d'appel poussé par Warda une nuit de désespoir. Donk et ses ravageurs avaient mis le cap sur le rocher.

 Sortie de son rêve pour retrouver son fils, Warda prit brusquement conscience du silence qui l'entourait. Comment avait-elle pu ne pas se rendre compte que le fluide de la présence universelle avait cessé de lui picoter la peau ? Plus rien de vivant ne bougeait aux alentours. Ca puait le shark, pas de doute. Une joie profonde prit naissance dans sa colonne vertébrale. Enfin, ils allaient venir.

- Woulze ?

Le petit cri la surprit. Warda se retourna dans un mouvement de combat mais sa flèche ne traversa que le vide et elle se fit un peu mal. Un chinchard s'approchait. Lui aussi cherchait Wilz. C'était son copain. Il l'appelait Woulze parce que les chinchards ne peuvent pas se débarrasser de leur abominable accent, du moins c'est ce qu'on dit. Le petit chinchard profita du trouble de Warda pour tenter d'avaler une bonne goulée des parasites qui s'accrochaient sur le corps de l'espadonne géante. Elle le repoussa car elle n'aimait plus qu'on lui mange sur le dos. Elle avait ainsi réduit à la famine plusieurs générations de poissons-pilote. Elle se négligeait, sa peau verdissait et personne ne l'aimait assez pour oser le lui dire.

- Toi voir Woulze ? demanda-t-elle au gamin en chinchard. Tout à l'heure, jouer toi avec lui, non ? insista-t-elle.

Le gamin la regardait sans comprendre. Ces saloperies de chinchards étaient des esclaves génétiques, toujours obligés de s'imprégner de la langue de leurs nombreux maîtres. Ils déclinaient dans tous les sens en bourrant leur patois d'accents toniques. Warda avait appris la sole, le crabe mou, la crevette, le homard, qui sont des idiomes aux racines différentes de celui de l'espadon. Elle avait un réel don pour les langues étrangères mais ne parvenait pas à se fourrer le chinchard dans la caboche. D'ailleurs, y avait-il vraiment une langue chinchard ? Le petit restait là à la scruter avec ses gros yeux de travers, paralysé, minuscule, invisible, face à l'immense volume de Warda. Il était peut-être idiot ? Dans les bas-fonds, on racontait que ça arrivait souvent chez les chinchards, plus que chez les autres espèces.

- File !

Elle accompagna son hurlement d'un coup de queue très sec qui frappa durement le petit. Ejecté, terrorisé, il lâcha un jet d'excréments qui emplit la gueule de Warda avant qu'elle ait pu refermer la bouche. Pouah ! Elle regrettait déjà son coup. Jamais elle n'aurait frappé Wilz avec cette brutalité même s'il avait fait la plus grosse bêtise du monde. Tant pis, plus le temps de s'embarrasser, il fallait faire vite maintenant. Elle les sentait. Ils approchaient. Cinq ou six, habitués à voyager ensemble. Il y en a un gros.

NIVEAU DE PROFONDEUR

Jeunes gens, une fable a couru : les ingénieurs virtuoses de la Tipitéenne d'Applanissement, la TIDA, découperaient d'énormes morceaux dans les Mondes, des régions entières, à l'aide de leur nouvelle découpeuse automatique, qu'ils rejetteraient ensuite dans la mer grâce à leurs broyeurs-rejeteurs surpuissants, pour faciliter le travail des Nouveaux Bâtisseurs qui aiment les côtes bien droites pour construire leurs ports. C'est la raison pour laquelle le niveau de profondeur de la mer aurait baissé ou aurait monté selon les versions. Qui peut bien se soucier du niveau de profondeur de la mer ? L'imagination dévissante est sans limites.

 Les poissons et les autres animaux dont je vous parle dans ma petite fable animalière sans prétention ont tous existé. Avant que nous cessions de les pêcher et de nous en régaler, il y avait une multitude d'espèces qui nageaient sous l'eau dans les mers et dans les rivières sans remonter à la surface pour respirer. Il y a des poissons qui n'en sont pas. La baleine, par exemple, fait surface de temps à autre pour reprendre une bonne goulée d'air. Quand nous nageons la distance d'une largeur de Piscine sous l'eau et que nous revenons à la surface pour respirer, nous nous apparentons sans le savoir à la baleine. La baleine est très très grande, très grosse, vraiment imposante. Au cours de votre vie, vous trouverez peut-être dans un livre restant une gravure qui représente une baleine. Attention, je ne suis pas en train de me ranger à l'avis aujourd'hui disparu des décroissants qui affirmaient que nous aurions sacrifié la mer et ses habitants à notre expansion. La Liste des Sacrifices Nécessaires à Notre Expansion a été publiée à peu près en même temps que La Liste des Espèces Animales Inutiles à la Société et la mer n'y figurait pas. Je respecte toutes Les Listes, je préfère être clair là-dessus.

Nous étions également un pays de rivières et ce n'est pas parce que leur cours a été détourné que les rivières n'existent plus. Elles existent, leurs eaux sont mêlées dans le Grand Canal d'Approvisionnement TransMonde, empreinte indélébile du génie de notre civilisation. Si les eaux du Grand Canal ont été stérilisées, ce n'est pas pour en détruire la faune, c'est pour préserver les coques de nos péniches géantes. Vous croyez que c'est amusant de gratter la coque ahurissante d'une péniche géante recouverte de parasites ? On ne peut pas à la fois s'enorgueillir de voir glisser nos grandioses péniches immaculées sur le Grand Canal et ne rien faire pour préserver l'intégrité de leurs coques. Il faut ce qu'il faut, comme on dit.

Ce que l'on mange aujourd'hui est tout aussi bon que le poisson et je rends hommage à l'inventivité des Nouveaux Cuisiniers pour qui le mot « goût » a un sens tellement surprenant. Qui aurait pu prédire que nous ne pourrions plus nous passer de la gamme de produits fomentée par les Entreprises Culinaires, les EnCuls, comme dirait notre extraordinaire jeunesse. Bien sûr, ils ne vont pas nous dire avec quoi c'est fait. Ils ne sont pas fous, ce sont des secrets de fabrication. Gloire aux EnCuls qui nous ont apporté la simplification des repas et la sidération des narines.

Je vous engage solennellement à ne chercher une gravure de baleine dans un livre restant qu'après avoir lu et relu la Totalité Des Poèmes De Notre Grand Poète National, dont j'ai évoqué trop brièvement le génie. Je perçois l'écho lilliputien du répugnant gargouillage de ceux qui ragotent que, de toutes façons, il n'y a que ça à lire. Ces derniers exécrables citoyens sont prêts à affirmer devant n'importe lequel de nos excellents Tribunaux Populaires Régionaux qu'on ne trouve aucun autre livre ? Non, car ils savent qu'ils mentent et connaissent la dureté des châtiments qui punissent les mensonges média-dévissants. On peut trouver d'autres livres restants si l'on est en possession de son Autorisation d'Accès à la bibliothèque, conforme et valide. Soit dit en passant, ça m'étonnerait que l'on y ressente une émotion qui n'ait pas été décrite avec un talent fou par Notre Grand Poète National.

Les livres restants se trouvent à la bibliothèque de La Parole Ecrite dans les locaux du Ministère Décision-Application. Il y en a suffisamment. L'étagère qui les contient n'a pas été laissée à l'abandon dans de poussiéreux sous-sols labyrinthiques. Elle trône dans une grande pièce lumineuse, surveillée de près par un détachement spécial de la redoutable Garde d'Honneur BSA. Pourquoi une bibliothèque dans les murs de ce grand ministère du maintien de l'ordre ? Parce que la crème de nos BSA habitent les locaux du Ministère et ce sont eux qui se relaient au chevet de l'étagère. Il faut bien penser aux conditions de travail de nos BSA et faciliter leurs rotations, non ? N'allez pas chercher plus loin. Vous pourrez accéder sans mal à la bibliothèque, muni de votre A.A.b. J'ai feuilleté les livres restants. Ils sont très bons. La plupart des « prochains livres » antérieurs au mien en font partie. Rien ne peut me rendre plus fier que d'imaginer mon ouvrage les côtoyant. N'espérez pas y trouver de la subversivité qui n'aurait pas été décelée. La recherche de la subversivité est illicite et sévèrement punie. Ayez toujours à l'esprit la grande Fresque orange qui orne l'horizon de Tipita d'un bout à l'autre du champ visuel, impressionnante élévation illuminatrice quand on y pense. Vous l'avez sûrement vue quelquefois, on l'allume les soirs où la nuit tombe. Vous ne savez sans doute pas qu'elle symbolise les flammes du premier des Nettoyages Systématiques Successifs.

Il a eu lieu un matin de longue canicule après que j'ai fait mes trente ans de Vie Personnalisée. Nous y avons tous participé avec enthousiasme. Quelle fête, quel régal, quel brasier nous avons fait de toutes ces tablettes, de toutes ces merdes smartphoniques infantilisantes, de toutes ces saloperies putassières connectées, de toutes ces antennes 6G, 7G, 8G, 9G, de toutes ces pages vomitives écrites à la va-vite par des auteurs agités de sentiments disparates qui ne prenaient pas garde aux meurtrissures qu'ils causaient. Le ciel s'en est trouvé obscurci pendant plusieurs jours, je ne vous mens pas. Comme s'il avait des difficultés à absorber ces nuages d'inutilités et d'inepties, à espérer à nouveau en un monde meilleur enfin débarrassé de la connexion personnalisée. Vous ne vivrez plus jamais de grands moments comme cela. Exaltez-vous par ailleurs. Je rappelle aux ignorants qui me liront que cette Fresque Monumentale a été peinte par Notre Grand Peintre National sur autorisation des Plus Hautes Autorités. Jeunes gens désireux d'être utiles, mon propos se résume à vous mettre en garde de toujours servir loyalement. Un serment vous lie à la Patrie.

Belle jeune génération de Tipitéens prêts à servir, je pense à vous avec espoir. J'aime le goût de la jeunesse. J'en sens instantanément l'arôme sur mes papilles si je veux m'en donner la peine. Je sais le raffut qui encombre vos cerveaux, l'envie de tout chambouler. La force qui vous agite doit être canalisée car elle peut conduire aux pires débordements. Elle naît d'un rejet. Comme une greffe qui ne prend pas. Tranquillisez-vous, cela passe automatiquement avec le temps. Rien ne vous paraît bon ? Vous avez l'impression que nous avons organisé la vie d'une façon stupide ? Il vous semble que vous ne pourrez vous inscrire dans aucune des activités humaines que nous avons élaborées en prévision de votre sortie des camps maternels ? Pas de place pour une jeune fille ou un jeune homme, n'est-ce pas ? Il n'y a que des obligations, pas de libertés, des BSA dans tous les coins. Nous en rions souvent entre

PPIN car nos réunions sont empreintes de ce bel humour léger assorti d'affection pour la jeunesse qui est une des constantes de la Tipitanéité. Nous savons bien que Nos Grandes Parades en Tenue Régionale Folklorique vous paraissent sortir d'un autre âge. Les répétitions sont interminables, on y crève de chaleur, notre soleil tape de plus en plus fort, je crois. Tout cela vous paraît ennuyeux. Vous préféreriez déguster des frifris en regardant votre Sérissat favorite ou en feuilletant votre mag-cul préféré, n'est-ce pas ? Mais comment affirmer notre identité Folklorique sans Parade ? Et comment organiser des Parades sans enfants ? Je vous le dis un peu sèchement mais, bien avant de servir, vous êtes déjà nécessaires, mes petits amis. Quand vous aurez passé et réussi vos examens, vous cesserez de vous débattre. Convainquez-vous que nous avons pensé à tout. Vous n'aurez rien à inventer. Tout est là.

 Pour vous détendre, profitez de vos quotas de viol consenti ou participez à des séances de conviction conditionnelle, pour les plus mûrs d'entre vous. Grappiller quelques points de convictionnabilité, les PoConv, est un amusement très formateur. Si vos maîtres ne vous l'ont pas encore enseigné, donnez-vous entre vous les adresses de ceux qui ne pensent pas comme vous et efforcez-vous de les convaincre qu'ils ont tort, sans les laissez respirer. Ce sera comme un grand jeu, un défi que vous vous lancerez à vous-mêmes. Soyez créatifs. Les plus convaincants touchent les primes du Gouvernement, jusqu'à cent PoConv, croyez-moi ça peut aider. Si vous êtes confrontés à ceux qui voient tout de travers, convainquez-les sans les écouter. Ils ne manqueront pas de glavioter que le merveilleux âge d'or que nous vivons n'est qu'un sombre désert à la fin duquel nous glisserons dans le vide pour n'en plus ressortir ou que la Vie Personnalisée est une ineptie inventée par des déments lobotomiseurs pour mieux nous éloigner les uns les autres, diluer les responsabilités jusqu'à l'égarement et étouffer nos âmes de génération en génération jusqu'à faire de nous des machines irréparables. Ils vont croire que vous êtes des proies faciles parce que vous êtes jeunes et qu'ils vous imaginent inexpérimentés. Ils n'hésiteront pas à vous asséner que l'application de nos choix solutionnistes sans que personne ne lève le petit doigt pour les empêcher est sans doute la cause du malaise que nous ressentons tous, que nous sommes en train de muter vers une race sans héros, que les plus beaux esprits de nos Mondes ne sont que des putes bien maquerautées. Un malaise ? Qui ressent un malaise au moment où l'avenir n'a jamais dessiné une pente aussi réconfortante ? Une race sans héros ? Et nos chefs ? Et vous mes PPIN, membres de tous les Collectifs, dirigeants des plus grandes Entreprises de la Nation, en compagnie desquels je me réjouis de plonger bientôt dans la Piscine Monumentale ? N'avez-vous pas inventé la Vie Personnalisée et créé des millions d'emplois passionnants pour les jeunes dans le Pétrole, la construction des ports là où personne ne penserait à en construire un, la Sécurité, ou la Banque ? N'avez-vous pas éradiqué les chômeurs, la vieillesse, le handicap, les impôts, la pègre, les immigrés, les maladies qui n'en finissaient jamais, la disparition inquiétante des petites filles qui naissent dans les soupentes de la ville et celle, moins nombreuse, des petits garçons qui disparaissent également dans ces endroits là et réglé tant de problèmes qui ont gangrené nos Mondes depuis toujours ? Où ces illuminés ont-ils vu des sombres déserts, alors que le soleil brille pour tous, tout le temps, à la même température, un peu plus chaud à chacune des mes années, me semble-t-il ? Le maquereau était un poisson rayé. Vous trouverez des foules de putes près de la Gare Centrale et tout autour de nos six cent quatre vingt quatre autres gares Régionales. Ce sont des femmes. De plus en plus jeunes, je trouve. Il peut s'y glisser des garçons.

ÉPONGE CASSANTE

Warda tournoyait silencieusement. L'odeur des sharks devenait forte à présent, se substituait lentement à celle du rocher, apportant son lot d'informations :

- Ils sont fatigués, ils ont faim, ils foncent sur moi, ils sont six. Trois mâles, deux enfants, une femelle. Ils ne prennent aucune précaution. Ce sont des fous ou des durs. Danger, danger.

Elle n'était pas bien à son aise. Le remords la gênait de bien se préparer à la bataille. Un espadon peut mourir de remords.

- Je n'aurais jamais du frapper ce petit chinchard, pensait-elle. Il m'a fait bouffer sa merde mais il est tout petit, il ne maîtrise pas son transit et c'est sa mère et ses vingt-neuf sœurs qui nettoient le rocher. Elles dévorent les plaques de gazolard amalgamées, tu le ferais, toi ?

Les chinchards avaient tenté de s'établir dans toutes les contrées hostiles où le gazolard mou et les liquides issus des déchets à forte activité avaient fini par remplacer l'élément - c'est une fiction, une fable animalière sans prétention, je vous le rappelle, notre mer n'a jamais été sale, lisez les Etudes - Les chinchards étaient morts par milliasses, victimes de persécution et d'empoisonnement. Les survivants se réfugiaient en groupe où ils pouvaient. Certains gueulards ne se cachaient plus pour claironner qu'il n'en était pas mort assez. D'autres poissons, plus honorables et plus sournois, affirmaient en prenant appui sur une vision obstruée de la science qu'il n'en était pas mort du tout, que ces prétendues hécatombes n'étaient qu'une légende colportée par les extrémistes chinchards pour faire éternellement plaindre leur peuple. Warda s'étonnait de retrouver à la tête des vociféreurs anti-chinchards des poissons aux nobles allures, Seigneurs de ce monde, obligatoirement admis dans le cénacle des Âmes Justes. L'espadonne unique avait une place de choix au cénacle mais l'avait abandonnée depuis la mort de Nurz.

- Les chinchards sont tolérés, ils sont juste tolérés ! Ils n'ont qu'à rentrer chez eux ! répétaient ces petits marquis qui ne voyaient pas ou se moquaient des dégâts tentaculaires que causait leur point de vue sur la tolérance.

Ils sont là en attendant, pensait plutôt Warda. En attendant quoi ? Que le gazolard et les lourds métaux cessent de se répandre ? Que les glissants demandent pardon pour leurs crimes ? Elle ne se répondit pas, terrifiée par l'image surexposée d'un monde sans espadons rempli de chinchards bien adaptés à une infâme nourriture synthétique. Terrifiée, elle, l'espadonne géante, la maîtresse de l'océan après la baleine rouge, la représentante sous la mer du bon équilibre de ce qui est massif ? Terrifiée, oui, inconsciemment ébranlée par les discours de plus en plus nombreux, de plus en plus autorisés, grossissant au rythme de l'arrivée des réfugiés, qui désignaient les plus faibles victimes comme étant la cause de tous les maux de l'Empire Circulaire. Warda ressentit la vague prémonition qu'à force de tordre le sens du mot « tolérance », il n'en resterait qu'une éponge cassante. Elle se promit de forger pour ce mot des armes solides propices à combattre des hordes de guerriers noirs, sinon qui le ferait ? Elle chassa bien vite l'éclat de cette pensée, trop absorbée par le frôlement du combat à venir et par l'absence simultanée de son fils chéri, ce petit crétin, qui continuait à jouer sans s'apercevoir du danger.

À peine né et déjà obstiné, le petit éclat d'un nouvel espoir pour le sens du mot « tolérance » lutta pour sa survie, filant à une vitesse vertigineuse dans les ramifications cervicales de l'espadonne géante, programmé pour débusquer son ennemi secret, le mensonge.

- Wilz ! Sors de ton trou ! Non ! Ne bouge pas, reste bien caché ! Non, sors tout de suite ou tu vas en prendre une !

Elle était sûre qu'il ne risquerait pas de sortir par jeu au moment où les fauves danseraient leur quadrille tant qu'elle le menacerait d'une fessée. Les sharks n'avançaient plus, ils s'étaient arrêtés, méfiants. L'un d'entre eux bougeait, ondulait lentement en se rapprochant. Les autres attendaient tout autour, faisant preuve de patience avec difficulté. Warda les devinait, excités, sans stratégie. Des cris perturbèrent sa concentration, des grommellements en chinchard. Le gamin qu'elle avait frappé mouchardait toute l'histoire en pleurant, le vaurien. Sa famille, qui n'avait pas d'odorat et ignorait la proximité du danger, maudissait à voix basse l'espadonne géante tout en culpabilisant l'enfant d'avoir pu la fâcher. Finalement, ils engueulaient tous le petit comme si c'était de sa faute si on l'avait tapé, l'entretenant dans sa nature de future victime. Tout le monde s'y mettait, les cousins, les amis, les derniers arrivés, qui espéraient lier connaissance en criant plus fort que les autres. Des douzaines de chinchards graisseux englués dans un trou long et inhospitalier dont une langouste n'aurait pas voulu pour une sieste de passage. Ca chuintait de partout, ça chinchardisait comme un gros orage sous-marin assourdissant. Il y en avait un qui chantait maintenant et qui faisait rigoler tous les autres. Ca tournait à la grande fête improvisée.

- Fermez-la ou je vous crève tous ! hurla Warda en espadon choisi, insistant sur la perfection claquante de sa langue.

Les racines de la haine sans objet, condamnées il y a longtemps à la fossilisation et enfouies dans les vestiges calcaires de l'ère primaire, à plusieurs milliers de coups de queue sous la frontière, furent saisies de vibrations : Warda était prête à crever des chinchards. Endormies mais pas mortes, affamées après leur long assoupissement, naturellement disposées à engloutir une Âme Juste, leur indispensable carburant. Les racines eurent un renvoi sanglant, hypocritement surprises de pouvoir encore distiller du venin.

Le petit éclat de la tolérance se croyait vainqueur sans combattre, certain que les ferments du mensonge ne pouvaient proliférer dans les cellules du comportement d'un espadon et, à plus forte raison, d'une espadonne. Il achevait tranquillement son inspection de l'aire motrice du cerveau de Warda, en empruntant la Scissure de Rolando, une charmante petite vallée bien irriguée, et s'engageait nonchalamment dans les contreforts de l'aire sensitive. Un guerrier noir armé apparût tout à coup, expulsé avec force du lobe temporal. Le petit éclat lui sauta dessus espérant le liquider en l'enflammant mais le guerrier ricana. Il n'était qu'un reflet, une arrière-pensée, un fantasme meurtrier de temps de paix, le souffle du combat. Le petit éclat s'éteignit sans un cri, s'auto-brûlant sans avoir fait son devoir.

RAFALES ININTERROMPUES

Vous savez, moi, quand j'étais petit, ce n'était pas drôle tous les jours. C'était toujours la guerre ou la fin de la guerre ou le début d'une nouvelle guerre. Rosario créait l'événement en soignant les pauvres sans les faire payer et il n'avait encore donné son nom à aucune avenue. Tipita était un petit village de pauvres pêcheurs encerclé de riches villas au bout d'une route poussiéreuse. Une période grise s'étirait, la fameuse grisure du Poète.

Avant de réunir nos Mondes et de les faire fructifier pour le bien commun, la guerre opposait régulièrement les riches et les pauvres, ou des riches fâchés d'être moins riches que d'autres riches d'un pays voisin, ou les pauvres entre eux. Magnifions notre ère de progrès. Qui a songé à faire la guerre récemment ? Avant de commencer à écrire, j'avais tout oublié de mon enfance. Il y avait ma mère et mon père et je partais à la pêche tous les matins avec lui. Ils se croyaient coupables et punis parce que j'étais paralysé de l'index quand je pêchais. Ca prenait ma mère aux tripes et ça gâchait chaque seconde de sa vie. Mon père, lui, me tapait dessus en pleine mer, espérant me guérir. Bizarrement, j'étais sensible à cette marque d'affection sauvage. Je chérissais cet instant. Papa n'était pas bavard, personne ne lui avait appris à se livrer, un Proverbe idiot de cette époque disait que ceux qui parlaient le moins vivaient le plus longtemps. Nos petites disputes ponctuées de coups de poing dans ma figure avaient l'onctuosité d'un échange.

- C'est des histoires tout ça, tu joues la comédie, remonte ta ligne à mulets !

- Je ne peux plus bouger mon index, papa...

- Remonte ta ligne à mulets, elle tape.

- Je ne peux pas.

- Menteur !

- Je suis pas menteur, regarde, mon poignet est tout gonflé...

- Tu veux ma main dans la figure ?

Il n'attendait pas ma réponse et sa grosse main s'abattait n'importe où sur mon petit corps de gamin. J'avais mal, je me plaignais. Ces mœurs ont disparu. Nos enfants sont bien à l'abri dans leurs camps maternels, entourés d'affectueux pelotons de BSA spécialement surentraînés pour s'occuper des enfants. Mes petits futurs Gardiens de la Société, vous vivrez débarrassés des plaintes en tout genre. Il n'y a plus de victimes. Les Aptitudes au Consentement ont nettoyé pour de bon ces niches de mauvaise entente entre Citoyens Convaincus.

Je souris en repensant à ma mère. La pauvre avait organisé sa vie en rafales ininterrompues de « prières ». Les femmes, en ce temps-là, aimaient à se réunir dans les bâtiments églises pour psalmodier, les yeux au ciel, des « prières », sortes de longs souhaits les concernant, elles ou leurs proches. De là, la terrible épidémie de « crise de cou » qui a sévi, essayez donc de garder les yeux au ciel comme ça pendant des heures, et qui est la principale cause de la disparition des vieilles femmes, les pauvres. Rien de tout cela ne me guérit de ma paralysie. On parla de ma maladie au docteur Rosario qui ne faisait pas payer les pauvres. J'aurais pu tomber plus mal. Il adorait la pêche et trouva mon symptôme assez étrange pour s'embarquer tôt le matin dans la barque familiale avec mon père et moi. On a beaucoup dit qu'il avait ainsi échappé à sa quarante et unième tentative d'assassinat. Il en a été dénombré deux-cent-deux qui ont donné lieu à autant de fantastiques épisodes croustillants et bourrés de savoir-faire de la Sérissat « Toubib des pauvres ». Cela me paraît étrange car Rosario est mort peu de temps après cette promenade en barque. Or, deux-cent-deux moins quarante et un font cent soixante et un. Il y aurait donc eu cent soixante et une tentatives d'assassinat contre Rosario dans un laps de temps assez court, entre ce jour-là et le jour de sa mort. Comment aurait-il pu y échapper ? Je n'ai pas de réponse, nos Sérissats étant inattaquables du point de vue de la rigueur historique. Loin de moi l'idée de salir la mémoire de Rosario, comme ce fut le cas avant le vote de la Loi Anti-Salissure, en abondant dans le sens de ceux qui affirmaient que Rosario jouait un double jeu, qu'il était payé par les riches pour soigner gratuitement les pauvres dans le but de rendre supportable leur dénuement et que de fausses tentatives d'assassinat auraient été organisées par ces mêmes riches contre Rosario pour faire croire aux pauvres que Rosario était de leur côté. N'importe quoi. Je m'insurge. Notre société a besoin de repères et Rosario en représente un solide, d'après la totalité des amateurs de « Toubib des pauvres ».

Ce matin-là, Rosario s'était réveillé tôt pour rejoindre à temps notre barque. Ça lui avait coûté l'abandon de son rêve préféré mais il s'y adonnait à nouveau, bercé par les vaguelettes douces du matin, bien calé à l'arrière de la barque : il guérissait les gens sans médicaments, sans avoir fait d'études de médecine, simplement en les regardant au fond des yeux. Il se sentait infiniment puissant, infiniment précieux pour l'humanité, unanimement adoré. Trop. Il lui fallait soigner sans interruption. Les files de malades incurables s'allongeaient au bas de son immeuble. Toute la souffrance du monde était attirée vers lui et il n'avait que ses yeux pour soigner. L'attente était longue pour réussir à rencontrer son regard. On mourait en espérant son tour. Lui n'osait plus manger, plus boire, plus dormir. Respirer lui semblait une perte de temps.

Il faisait chaud, il transpirait, il travaillait sous sa douche. Les yeux des patients le dévoraient. Des bagarres éclataient. C'était l'émeute. L'armée intervenait à la mitrailleuse lourde stoppant net des assauts de paralytiques exacerbés. Des lépreux en décomposition ramassaient des pierres et les jetaient contre les grandes baies vitrées de son balcon qui donnaient sur la plus belle avenue de Tipita. Tout explosait. Une pierre s'approchait à toute vitesse de sa tête. Elle était tenue par une main, elle-même prolongée d'un poignet décomposé arraché par l'élan.

     - Ouf !

Le docteur leva la tête dans un spasme et remonta brusquement ses paupières. Il détourna le visage afin que nous ne nous aperçûmes pas qu'il venait de se réveiller en sursaut, le cœur à deux mille à l'heure, haletant intérieurement, frustré de ne pouvoir indéfiniment prolonger l'extrême béatitude dans laquelle son rêve le plongeait. Ça tournait toujours mal. J'observais avec fascination mon premier riche. Je me voyais déjà raconter toute l'histoire à Denlo, à l'école, en lui faisant promettre de ne rien dire, aussitôt mordillé par le pressentiment que ce secret serait plus beau si je le gardais pour moi seul. Je pensais revoir Denlo très prochainement mais je suis parti à Mandana presque tout de suite après cette pêche et je ne suis plus retourné à l'école. Après, j'ai essayé d'avoir des nouvelles de Denlo. Personne ne connaissait un garçon de ce nom. D'ailleurs l'école était fermée. On m'a dit qu'il n'y avait jamais eu d'école, que ce bel immeuble n'avait jamais abrité d'enfants. S'ils le disent, c'est que c'est vrai. Pourquoi s'embêter à se poser des questions lorsqu'on vous livre la réponse ? L'école était un lieu où les enfants se réunissaient par groupe d'âge pour étudier, une sorte de camp maternel sans la protection des BSA, je vous laisse imaginer la piètre qualité des Formations Personnalisées en ce temps là...

    -   Mikel, jette les lignes ! Tu ne vois pas qu'on y est ?, rugit mon père.

On y était. Juste au-dessus du rocher. Rosario épiait la côte. Il y cherchait des repères pour retrouver cet endroit et venir y pêcher tranquillement seul, car mon père était un pauvre pêcheur réputé qui connaissait des coins. Je sortis les plaques de liège autour desquelles étaient enroulés les fils. J'appâtai les hameçons. J'étais assez habile pour le faire en regardant ailleurs. Derrière la silhouette du docteur se découpaient les montagnes bleues qui encerclaient Tipita. On les devinait, sombres encore, tranchant la nuit claire.

- Presse-toi, Mikel !

Je balançai mes lignes à l'eau sans quitter des yeux la merveilleuse plage du saint pardon de la charité de la conception de marie médiatrice, l'actuel port de la Banque Des Cimenteries Commerciales Défiscalisées. C'était une toute petite plage de sable fin, à l'ouest du récent monument Entreprises Sous-Capitalisées, derrière le quai tout neuf de l'Amicale Réintégration Patriotique, presque à l'horizon, vue de l'endroit où nous nous trouvions.

- Qu'est-ce que c'est que cette histoire de paralysie ? se demandait Rosario. Quel âge doit avoir ce petit rat d'Antoniès de merde ? Cinq ans ? Six ans ? Pourquoi est-ce qu'il me dévisage comme

ça ? Sa mère ne lui a pas appris que c'est malpoli de soutenir le regard des riches ? Petite larve, il ferait mieux de faire attention à sa ligne.

Il finit par s'apercevoir que mon regard fixait quelque chose juste derrière lui. Il tourna la tête et surprit lui aussi Tipita au levant. Magnifique Tipita. A tomber par terre.

- Putain de putain de sale petite pute, songea-t-il, c'est putamment beau. Voilà le repère. D'ici, on voit Tipita comme on ne la voit de nulle part ailleurs.

Un coup de mitraillette me vibra le bras jusqu'aux épaules.

- Papa !

C'était un gros.

- Remonte, remonte ! hurla mon père.

Mon index refusait de répondre. Le fil se dévidait dans mes doigts sans que je puisse le retenir.

- Remonte, remonte, petit !

C'était Rosario qui criait, émoustillé par ma prise, avide de voir ce qu'il y avait au bout de ma ligne. La plaque de liège entraînée par le dernier mètre de fil claqua ma main au moment où mon père et Rosario bondissaient pour la retenir. Elle leur échappa comme un petit animal vif et enjamba le plat bord pour ricocher dans la mer.

- Elle est partie, gémit Rosario.

Il ne pouvait la quitter des yeux. Je m'en souviens comme si c'était hier. Le petit bout d'écorce dansa un instant près de nous et s'enfonça d'un seul coup vers les profondeurs. Ce fut le début du ballet des baffes. Mon père et moi, par pudeur, n'avions pas perdu de temps en préambules. Je sentais que Rosario avait très envie de me taper lui aussi pour avoir laissé échapper sans rien faire un poisson de cette taille. Mais, tout au contraire, il stoppa le rythme des battoirs de mon père d'une voix douce et lente et se mit à malaxer avec passion mon index statufié. Il nous fit vite part de sa certitude : je ne jouais pas la comédie. A l'instant précis où le poisson gigote pour qu'on le remonte, mon index d'abord, ma main et mon poignet ensuite, se raidissaient en bleuissant.

Rosario s'avoua dépassé par l'étrangeté de mon mal et réussit à me faire admettre au Centre Régional de Mandana pour y subir une observation plus approfondie. Mandana, un gros bourg, qui devait se trouver à peu près à l'actuel emplacement des échangeurs interports reliant Tipita Centre A1 sud-est à Tipita Centre B4 nord-ouest.

NUAGE DE SANG

À cause du tumulte des chinchards, Warda avait perdu la direction empruntée par le shark le plus proche, un malin sûrement, un éclaireur. Il était tout près pourtant, presque là. D'où surgirait-il ? Une ombre éclata devant Warda au moment où elle se positionnait au-dessus du rocher, en eau libre d'obstacles, pour mieux deviner la tactique des tueurs. Le shark passa sans la voir et fonça vers un trou qu'il fouina du museau, mordant la roche. Il était cinq fois moins gros qu'elle et puait le gazolard des territoires nord. Warda monta davantage, immobile, dans un silence hydraulique, sans le quitter des yeux. Elle frissonna aux craquements de la roche dans la mâchoire de la bête, se retenant de grincer des gencives. Elle l'aurait embroché facilement mais c'était un voltigeur et les autres attendaient, impatients de la première goutte de sang. Il valait mieux voir venir. Sauf si Wilz se trouvait dans ce trou dont le shark avait presque suffisamment agrandi l'entrée pour l'explorer sans faire de prisonniers.

- Non, il ne peut pas être là...

Et s'il y était ? Warda oublia la prudence qui fait les grands stratèges, se retrouva à la verticale et plongea, flèche tendue, de toute la force de sa queue battante. Elle transperça l'éclaireur de part en part et, emportée par son élan, ne pût éviter de heurter sa flèche sanglante assez violemment contre la roche. Le shark de pointe mourut sans un cri continuant à tressauter pour s'entretenir de l'espoir d'être toujours vivant.

-   Wilz, reste où tu es !

Le sang l'entourait et le sang allait les rendre fous. Il allait falloir les tuer tous maintenant car le moins agressif des bébés sharks aurait défié l'espadonne pour nager un instant dans le rouge. Un shark qui sent l'odeur du sang perd toute prudence. La terreur qu'ils inspiraient tenait pour beaucoup à ce trait de caractère typiquement sharkiste bien connu dans les profondeurs. Warda luttait furieusement pour retirer sa flèche du cadavre. Il collait en plus, tout poisseux de son sang, et se balançait à contretemps des monstrueux coups de queue de la grande femelle. A bout de souffle, Warda baissa le museau et le mort glissa tout seul, s'éloigna, encore ballotté, vers le trou aux chinchards. Elle s'autorisa un sourire en s'imaginant la terreur des immigrés lorsqu'ils sentiraient l'ombre du brigand s'approcher et leur soulagement lorsqu'ils le découvriraient mort. Ils allaient tous faire un bon repas, pour une fois, à base de steak de shark nerveux liquidé par surprise. Warda se sentait prête à protéger toujours les faibles et les pauvres. Les Seigneurs de la mer ne lui faisaient pas peur avec leurs discours mal taillés. Elle revenait à elle. Elle savait que ceux qui ont raison dans l'instant mentent le plus souvent et qu'il faut toujours faire un effort pour se persuader que l'horizon n'est pas une frontière. Rien n'était simple sous la mer à cette époque, les paramètres fourmillaient, éclataient en se tamponnant en grands feux d'artifice scintillants, festin pour les crabes des falaises profondes, marcheurs hémiplégiques qui n'aiment rien tant que brouiller les pistes.

Les racines de la haine pour les aveugles et pour les sourds se refossilisèrent aussitôt. Leur jour viendrait mais pas aujourd'hui. Warda n'était pas au menu comme prévu.

L'espadonne géante se sentit soulagée, toute molle, étrangère au nuage de sang qui s'agrandissait. Elle eut d'abord conscience qu'on lui mordait la queue avant d'avoir mal, puis se cambra sous la douleur. Elle fut sauvée par ce mouvement convulsif. En se dressant brusquement, sa flèche embrocha deux petits sharkillons qui l'attaquaient de front. Leurs légers frétillements d'agonie lui furent un maigre rafraîchissement. Elle savait que les mâchoires qui lui serraient la queue ne la lâcheraient jamais. En luttant pour se retourner, elle le vit du coin de l'œil. C'était un gros. Leur chef. Il la tenait.

PAYER DES ÉPREUVES

Rosario en personne m'accompagna au centre Régional de Mandana. Le directeur de l'établissement, Kato, un homme affable et courtois qui adorait son métier de directeur, nous reçut chaleureusement dans son bureau. Ils riaient tous les deux en collègues savants qui aiment à se retrouver et me caressaient la joue en m'observant rosir de timidité. Kato m'avait offert une petite chaise d'enfant en bois dur et je me tortillais sous leurs regards, j'étais mal à l'aise, je craignais de leur faire perdre leur temps, j'avais des doutes sur ma légitimité à m'asseoir sur cette chaise, je m'en souviens très bien.

J'ai découvert la photographie pendant ma première nuit à Mandana. La guerre était finie, pourtant des troubles persistaient puisque nous avons été victimes d'un bombardement des ultra-pauvres. On nous a fait descendre dans les sous-sols de l'établissement sans nous laisser le temps de mettre nos pyjamas parce qu'il fallait faire très très vite, les bombes pétaient de tous les côtés. Des nouvelles bombes silencieuses, fournies aux derniers bataillons de l'armée ultra pauvre par les pays les plus pauvres, qui devaient bien fonctionner tout de même puisque personne n'entendait rien, sauf un copain sourd qui sursautait à chaque impact. Nous étions nus, serrés les uns contre les autres. Kato nous a rassurés. L'urgence était telle qu'il n'avait pas eu le temps de prendre ses affaires et se trouvait au milieu de nous, complètement nu lui aussi, c'est dire le danger que nous avons couru ce soir-là. Kato a montré un sang-froid remarquable. Il a organisé des jeux de groupe : saute-mouton, balle au priso, colin-maillard... D'autres soignants, qui n'avaient pas eu non plus le temps de passer leurs blouses, s'embrassaient, croyant leur dernière heure venue et voulant profiter de celle-ci au maximum. Tous ces Intervenants Régionaux s'aimaient beaucoup et aimaient beaucoup leur travail. Plusieurs infirmiers prenaient des photos. L'un d'entre eux m'a minutieusement expliqué le mécanisme de son appareil. J'étais fasciné. J'ai longtemps cru que les photos étaient destinées aux familles. J'ai compris ensuite que Kato, dans son extrême méticulosité, tenait à garder trace de tout ce qui concernait ses petits patients. Nos parents étaient de toute façon trop pauvres pour se payer des épreuves. La guerre n'était pas terminée ? Peut-être n'avait-elle pas commencé ? Allez savoir.

Mes premiers soins furent menés à bien par le directeur en personne. Kato débordait d'affection aussitôt qu'il me voyait. Il m'embrassait, me prenait sur ses genoux. Il s'y entendait pour prélever le sang et l'urine. Il diagnostiqua une paralysie maligne intermittente. On l'a écrit en grosses lettres sur une pancarte accrochée aux barreaux qui entouraient mon lit : « Mikel Antoniès - Paralysie Maligne Intermittente ». Ça faisait sérieux.

Ma famille vint me voir une seule et unique fois, la condition de mon père était telle qu'il ne pouvait se permettre de manquer une journée de pêche. De plus, Mandana était loin de Tipita, de l'autre côté d'une haute montagne hostile sur les flancs de laquelle serpentait une route étroite et dangereuse. Elle a disparu aujourd'hui, avalée par l'extension extraordinaire de Tip qui a aplati les difficultés sur son passage. Gloire aux titans de la TIDA et à la subtilité du choix des emplacements de nouveaux ports des Nouveaux Bâtisseurs.

Je me souviens parfaitement de la tête qu'ils ont fait en ouvrant timidement la porte de ma jolie chambre particulière après qu'un soignant l'eût déverrouillée. Ils n'osaient pas rentrer, craignant de trop déranger la solennité de l'endroit. Ma mère s'est mise à pleurer tout de suite en me voyant, fière sans doute de voir que si tôt dans la vie, j'avais réussi quelque chose d'extraordinaire en étant admis à Mandana. Mon père n'osait pas me regarder, il tenait sa tête baissée comme lorsqu'il fixait la mer croyant y déceler un endroit poissonneux. Mariana, ma sœur plus grande, était belle comme tout dans sa robe à fleurs, bien trop belle pour finir femme de pauvre pêcheur à Tipita. Ses yeux pétillaient, clignotants de projets, électrisés par à-coup de tremblements de désir. Aujourd'hui, nous dirions : pleins des projets que son haut degré de violabilité lui permettait d'envisager.

 Kato leur offrit le spectacle de ses investigations pour tenter de découvrir l'origine de mon mal. Je fus mis dans les conditions d'apparition de ma paralysie. Un infirmier géant apporta dans ma chambre une bassine pleine d'eau. On me donna un fil de pêche à tenir à la main, l'autre extrémité du fil trempait dans la bassine. J'avais les yeux fermés, concentré sur le spectacle de Tipita au levant. C'est ce que je regardais d'habitude depuis la barque de mon père stationnée au-dessus du coin le plus poissonneux de la côte et Kato avait exigé de moi que je me mette « en condition ». L'infirmier géant faisait le bruit des vagues pendant que Kato imitait le cri des goélands en tirant fortement sur l'extrémité noyée du fil. Je devais tirer en retour pour répondre à sa touche. J'ai parfaitement réussi. Nous l'avons fait trois fois ce jour-là mais je l'ai fait cent mille fois en tout durant mon séjour à Mandana. J'ai toujours réussi, même quand je dormais et qu'ils venaient la nuit avec leur bassine, même quand ils m'ont plâtré le poignet pour étouffer ma sensibilité tactile, même quand ils m'ont suspendu au plafond à l'aide d'un harnais fabriqué avec un fil de fer de très petite section par Kato lui-même. Tiens, une autre de ses qualités à Kato, il était très adroit avec ses mains, capable de concevoir tout ce dont il avait besoin pour soulager la détresse de ses petits patients. Non, vraiment, j'ai été bien soigné. Je n'ai pas été abandonné à moi-même durant mon séjour à Mandana. Je sais que tout le personnel s'est creusé la tête pour essayer de m'aider.

Les goélands faisaient partie d'une espèce à rapprocher globalement des poissons. Ils nageaient dans le ciel en criant. Les vaguelettes et les vagues étaient des ondulations de la mer. Les Grands Travaux d'Intérêt Bien Compris qui l'ont rendue platoïde méritent toute notre admiration.

Ma dextérité à répondre à la touche laissa mon père pantois d'euphorie.

- Quel coup de main Mikel, tu aurais pu arracher la gueule d'un dix-huit livres ! Toute la fierté d'avoir un fils prêt à lui succéder dignement, qu'il avait maladroitement refoulée, prit possession de son corps presque immédiatement annihilée par le regret de n'avoir pas pensé tout seul au coup de la bassine. Ma mère avait des dizaines de bassines à la maison. Au besoin, elle aurait pu s'en faire prêter par des voisines. La bassine était un outil très en vogue chez les pauvres avant son interdiction totale, car la bassine peut servir à transporter toutes sortes de choses éventuellement dévissantes qui demeurent cachées par ses rebords. Honte à nos dévissants restants à cause desquels nous devons nous passer de bassines et de chapeaux. Mon père était vexé de n'avoir pas découvert tout seul que j'étais un sacré pêcheur de bassine pour mon âge. Si ça marchait avec la bassine, pourquoi ne pas voir plus grand ? Il brûlait les étapes. Il m'imaginait déjà grand pêcheur de lavoir. Il triomphait enfin, exhibant fièrement son Mikel debout sur le rebord du grand lavoir du quartier. Tous les pauvres pêcheurs voisins m'auraient contemplé, abasourdis par la rapidité et la souplesse de mon poignet, par la puissance de levier de mon bras en réponse à la plus petite touchette imprimée à un fil trempant dans l'eau glacée et savonneuse. Oui, c'était possible, devait-il se dire, c'était possible et il se reprochait de ne pas y avoir pensé. Il pleurait de bonheur et de frustration, persuadé que j'étais guéri. Je ne l'ai jamais vu pleurer que ce jour-là.

Ça peut paraître insensé mais Tipita était vraiment une petite ville scrutant la mer, adossée à de hautes montagnes, organisée en ensembles biscornus de maisons et de rues : les quartiers. Là, les gens se connaissaient et se racontaient des histoires qu'ils s'étaient déjà raconté la veille et se raconteraient à nouveau le lendemain. Entre eux, ils s'appelaient les voisins. Nous avions des voisins et étions nous-mêmes voisins de nos voisins. Il n'y avait pas de patrouille BSA de proximité, les transits entre Mondes n'étaient pas sécurisés, la ville n'était formée que de modules de voisinage juxtaposés. Les Mondes se sont heureusement imposés et les quartiers ont disparu. Quelques grogneurs se sont élevés contre le QPV? qui a mis fin à leur existence. Que voulaient-ils de plus ? Un Vote d'Intérêt Général ? Une Consultation Prolongée Nationale ? Pourquoi pas une Grande Décision Concernant l'Equivalence des Mondes, tant qu'ils y sont ? Un Qu'en Pensez-Vous? suffisait largement, la preuve, c'est qu'il a suffi largement. Grincher, oui, grogner, non. Notre peuple aime grincher. Nous aimons grincher entre PPIN. Grincher entre compagnons sans dépasser la mesure procure un plaisir de joute fondamentalement inscrit dans la Tipitanéiterie. C'est Régional et Folklorique. Le Folklore Régional est la colonne vertébrale de nos Mondes. Célébrons la justesse de nos choix.

Kato leur expliqua que j'étais malade sans l'être. J'étais un petit paralysé malin intermittent et les progrès de la recherche Régionale, en cette période reculée, ne permettaient pas de certifier que je ne le resterais pas toujours. Il était hors de question que je quitte Mandana. Ils repartirent. Ma mère, toute revigorée, n'avait plus honte de moi, j'étais placé à Mandana et pas pour rien. Mon père la suivait, tête basse, refusant d'admettre que je ne l'accompagne pas à la pêche le lendemain matin. Mariana enfonçait bien ses yeux au fond des miens en quittant la chambre. Elle tremblait d'excitation, elle adorait le mélodrame, elle avait vu toutes ces dégoûtantes pièces de théâtre, elle avait lu tous ces abominables bouquins qui pullulaient et dont aucun n'avait encore exploité le rebondissement définitif : une maladie incurable spécifiquement réservée aux pauvres pêcheurs. J'étais son petit frère et je l'avais attrapée. Ce jour-là, elle avait tout à la fois découvert de nouvelles pistes où lancer les flammèches de son esprit désordonné et perdu irrémédiablement la faculté de les contrôler. Je revois toujours son regard. Peut-être parce que je ne l'ai plus jamais vu ensuite chez ma sœur. Peut-être parce que je n'ai plus jamais revu ma sœur.

 Les théâtres étaient des endroits obscurs, toujours bondés, inconfortables au possible. Les gens s'y réunissaient pour observer des média-déviants notoires mimer interminablement des scènes de la vie quotidienne ou dire des choses sans queue ni tête sur une estrade un peu surélevée et éclairée. Nos fantastiques Sérissats sont bien moins ennuyeuses. Les théâtres ont disparu, tombés sous le coup de la Loi chapeau-bassine. Ils ne nous manquent pas car on s'en passe très bien. Tous ces livres, toutes ces pièces de théâtre, ont cramé comme il se doit.

 Jamais ma paralysie ne daigna se montrer. L'expectative régnait dans les murs du centre Régional. Au cours de mes années suivantes, Kato appela à la rescousse de grands spécialistes qui vinrent me visiter. Je les revois, entourant mon lit, me regardant gravement, se disputant parfois violemment sur l'origine supposée de mon mal, jusqu'à en venir aux mains, à se taper dessus à coups de bouteille vide ou encore à demi-pleines. C'était incroyable comme ils étaient sympathiques et s'intéressaient à mon cas. Finalement, ils étaient presque tous d'accord sur le diagnostic. Nonobstant quelques traumatismes dus à la multiplicité des expériences de bassine, je pétais la forme. Il n'y avait rien à guérir parce que je n'avais rien. Kato décida prudemment de me garder jusqu'à ce que j'ai quelque chose. Je suis resté longtemps à Mandana. Entendons-nous bien, ça ne m'a pas paru long mais j'y ai passé beaucoup de temps.

Mon séjour au centre m'a fait grandir. J'aurais grandi différemment ailleurs mais il faut bien grandir quelque part.

La Veuve de l'Espadon

UNE CERTAINE MORALE FAMILIALE

Donk pesait douze mille quatre cent soixante dix livres sans le savoir. C'était un requin noir, un shark. Il avait démarré tard sa carrière de pirate redouté, grappillant de quoi nourrir sa jeunesse autour de ses îles natales, pelées et froides, habitées de glissants aux mœurs sauvages. C'était le seul requin du coin et il ne connaissait pas sa force par manque de comparaison. Il cherchait fébrilement d'où il venait et pourquoi personne dans le monde ne lui ressemblait. Extrêmement préoccupé de se trouver une raison de vivre, il admirait ceux qui nageaient là depuis toujours avec l'avantage de savoir pourquoi. Il espérait partager un jour leur tranquillité d'individus qui ne se posent de questions existentielles que pendant l'adolescence. Il s'était forgé une langue bizarre assortie d'un accent inconnu et avait pris l'habitude de questionner tous ceux qu'il rencontrait :

- Doùviensje ? Pourquoije ? Tumeconnaisje ?

Connaissaijetumamaman ?

Il bouffait avec rage ceux qui lui disaient la vérité en croyant apaiser son grand manque, à savoir que sa mère l'avait sauvé quand il était petit des dents de son père qui voulait le manger ; puis l'avait abandonné là, avant qu'il fût sevré, pour suivre un requin blanc et borgne qui n'était pas son père et louchait de son seul œil valide, qu'il n'était qu'un orphelin minable abandonné et qu'il ferait mieux de faire des études et d'apprendre à mâcher de l'herbe comme tout un chacun ici-bas.

Les curés adoraient Donk. C'était de grosses moules grasses, descendantes des lointaines et cruelles colonisations mollusques, qui avaient un peu oublié la genèse de leur dieu et qui n'étaient plus respectées par crainte mais par habitude. Grâce à Donk, leurs affaires reprenaient. Entre eux, tout bas, les gens du coin maudissaient le ciel de la présence de cet énorme shark débile dans un endroit où il n'y aurait jamais du y en avoir et remplissaient les églises en ressort. Ils trépidaient de prières en imaginant les monstruosités qu'avaient dû commettre leurs ancêtres pour qu'on les leur fit payer si cher et si longtemps après, preuve de l'intense marchandage des Grands Esprits Flottants sur le type de châtiment qu'ils méritaient. Preuve, en tout cas, les moules grasses insistaient sur ce point, de l'existence même des Grands Esprits Flottants. C'était imparable et pratique, tout était de la faute des morts, rien à redire là dessus. Le moindre espace libre était devenu une chapelle en souvenir des défunts sacrilèges. Il était dans la nature des habitants de cette contrée de préférer vivre en mentant plutôt que de mourir en disant la vérité. Tous, jusqu'au plus écervelé bébé crevette, avaient appris à mentir à Donk pour avoir la vie sauve. On travaillait ses mensonges au catéchisme, à la messe, aux enterrements de ceux qui n'avaient pas bien étudié leurs mensonges, en tâchant de varier les combinaisons à l'infini. Le shark, en effet, adorait qu'en réponse à ses questions primaires, on lui raconte d'incroyables histoires.

- Donk tu es le fruit d'une déesse et d'un démon...

- Tu es le seul requin qui n'a pas de mère...

- Tu es le fils de la baleine blanche qui était un mâle comme chacun sait et tu peux en être fier...

- Un jour, une boule de feu t'emportera au paradis des requins noirs...

- Tu as une drôle d'odeur c'est vrai, un méchant dirait que tu pues le cadavre merdeux... Hé ! Doucement Donk, je ne dis pas ça, je dis qu'un méchant le dirait... Mais c'est parce que tu as été ensorcelé très jeune par un sorcier jaloux de ta merveilleuse odeur naturelle... Il te l'a volée, tu sentais la fleur de corail et le vent de tempête.

- Ta mère était une princesse d'un grand raffinement, une mère exemplaire chassée de son royaume pour avoir trop aimé la justice. Quoi ? Un jour quelqu'un t'a dit qu'elle regrettait de t'avoir mis au monde, qu'elle te considérait comme un énorme boulet puant et crasseux ? Ah bon ? Ca se saurait, non, Donk ? C'était une mère exemplaire, je t'assure... Elle est toujours là mais elle est devenue invisible pour mieux t'accompagner...

Ravi, Donk s'éloignait en remuant la queue. Mené par le bout du museau par ces experts affabulateurs, il ne mangeait plus personne. Il avait faim et il maigrissait. C'était devenu un long shark mince, une ligne triste et sombre, qui voguait sans but, tournant autour des îles toujours dans le même sens en posant ses questions, croquant de-ci de-là les étourdis qui s'habituaient à sa présence comme à celle d'un animal domestique à qui l'on peut mentir n'importe comment.

La révélation était venue à Donk sous la forme d'une bande de streamers affûtés. C'était pendant la saison sèche et glacée. Il faisait anormalement doux et le Grand Courant Chaud qui tenait cette bande loin des mers gelées où régnait Donk s'était élargi au point de disparaître. Les sharks avaient perdu leur route. Donk était transfiguré de voir autant de poissons qui lui ressemblaient même s'ils étaient là par erreur. Il les aimait, il les voulait, il tentait de se frotter à tous, mâles et femelles. Les sosies passaient sans le regarder, tout occupés à ne rien laisser de vivant, massacrant ceux qui, par peur de Donk, étaient devenus les plus grand conteurs de fariboles du monde sous-marin. Beaucoup de souvenirs se perdirent ce jour là. D'autres, transmis à la va-vite par de graves blessés à des nouveau-nés forcément ignorants, devinrent des contes effrayants emplis de rumeurs folles. De génération en génération, ils traumatisèrent durablement les enfants à qui l'on s'obstinait à les raconter par respect d'un patrimoine fantôme impossible à relier au déroulement du présent. Bientôt, les îles pelées et froides se remplirent d'individus hagards et mélancoliques, à l'étrange patois, nageant tous dans le même sens, se méfiant de leurs parents, traquant ceux qui n'adoraient pas le mensonge. Et les plus sensés des bigots se demandèrent quelle terrible faute avaient pu commettre leurs ancêtres pour qu'un dérèglement génétique d'une telle ampleur leur fut infligé comme châtiment par les Grands Esprits Flottants.

Pour l'heure, Donk s'en fichait. Il avait retrouvé ses frères requins et tous les autres pouvaient bien crever. A force qu'il se frotte, on l'avait remarqué et le chef l'avait défié. Donk rêvait de se soumettre à un chef. Il ne l'aurait mordu pour rien au monde. Il ne comprenait rien aux défis et s'approchait pour embrasser le plus beau requin de la création. Le chef l'avait mordu sans hésitation et tous les autres, en cercle, s'étaient marrés. Heureux de les faire rire, Donk s'était laissé mordre encore et taper à coups de queue dans la gueule et arracher des morceaux de sa viande. Il allait mourir sous les bravos lorsqu'un jet d'adrénaline sous pression, ininterrompu et brillant, dissipa la poussière qui recouvrait ses organes centraux. En un instant, il comprit que ceux de sa race ne mourrait pas sous les rires. Il tua le chef d'un seul coup de ses énormes dents, sans effort, sans appel de haine extérieure, avec naturel, lui dirent ses nouveaux amis tandis qu'ils s'éloignaient des îles suppliciées en traçant des ellipses sanguinolentes.

Donk devint chef. Il apprit l'ambition petit à petit sans jamais se laisser précéder par elle. Son armée compta jusqu'à quatre-vingts requins issus de peuplades diverses. C'était une terrible machine de guerre et personne n'osait lui résister. À tort, car ils avalaient tout, héros ou collabo, lâche ou téméraire, et, mourir pour mourir, autant crever en héros téméraire, quoique tant que la branchie bouge il y a de l'espoir et l'espérance de vivre peut toujours donner naissance à la plus immonde lâcheté. Donk, friand de raisonnements simples et en manque de mensonges, en avait conclu qu'il était le maître de tous les éléments, le futur chef de l'Empire Circulaire, que rien ni personne ne pourrait jamais le vaincre. Il mordait sans arrière-pensées, attaquait sans véritable tactique et l'emportait grâce à son manque d'imagination qui, vu par ceux qui subissaient l'attaque, passait pour une grande sûreté de soi. Aucun des martyrs n'avait le temps de le lui avouer mais ils le trouvaient drôlement sûr de lui et Donk en aurait épargné plus d'un qui aurait eu la présence d'esprit de le lui crier au moment où il chargeait à la tête de ses semblables.

Dix mille fois, Donk avait évité le rocher. C'était le coin des espadons et le shark se méfie génétiquement de cet animal à la flèche solide. Les plaintes pathétiques de Warda prête à livrer son bébé au premier shark venu l'avaient convaincu qu'il ne risquait plus rien à y faire bivouaquer ses soldats même s'il savait, qu'une fois le bébé espadon dévoré, il n'y avait pas grand chose à bouffer dans ce coin là. C'était de plus en plus pourri de chinchards. Il haïssait ces sous-poissons mais il aimait bien les écouter le supplier de l'épargner dans leur langue plaintive incompréhensible pendant qu'il les croquait délicatement, par petites bouchées, pour qu'ils ne meurent pas trop vite.

Juste avant de franchir le détroit qui permet d'accéder à la mer intérieure, Donk et sa troupe avaient croisé une nappe de gazolard coagulée de merchlore et d'acide phlénophosphatique de mauvaise qualité qui les avait largement décimés. Ils n'étaient plus que six. Six dont deux bébés, poisseux de substance chimique.

D'habitude il n'envoyait pas d'éclaireur, il attaquait et puis voilà. Il n'avait demandé à Klerg d'aller jeter un coup d'oeil que pour l'éloigner un instant de Douni qui fricotait trop avec lui à son goût. Douni était la seule femelle et Donk était le chef tout de même. Il avait la priorité. Klerg était un shark suburbain, raffolant des égouts, extraverti, un poil dessus-dessous mais d'une grande finesse au combat. La nuit dernière, il était venu en cachette se frotter à Douni. Donk, que les ruses simplistes ravissaient, avait continué de faire semblant de dormir. Il était tout près d'eux, il n'avait pas aimé les regarder s'agiter en rythme ni entendre les cris de plaisir de Douni qui en faisait un peu trop. Elle ne criait jamais aussi fort avec lui. Les enfants s'étaient réveillés et tournaient autour des deux squales en extase mimant maladroitement leur rut. Après ça, Donk n'avait pas fermé l'œil de toute la nuit. Ce matin, il comptait bien avoir une conversation sérieuse avec Douni pendant que Klerg inspecterait la roche. Le sang l'avait surpris avant qu'il ait pu lui parler. C'était du sang de squale, le sang de Klerg. Qui avait pu liquider aussi rapidement son meilleur lieutenant ? Donk avait foncé, davantage par curiosité que par rage de vengeance, secrètement satisfait de l'élimination de son rival. Il avait eu le premier mouvement de recul de sa vie en découvrant Warda. Comme tous les vivants, il en avait déjà entendu parler mais la masse de la grande femelle espadon lui apprit subitement le respect. Elle était trois fois longue comme lui. Il l'avait attaquée par derrière et avait refermé ses mâchoires sur sa queue.

Il la tenait. Les deux bambins qu'elle venait d'embrocher mobilisaient sa flèche. C'était des enfants du clan mais Donk, qui n'était pas tout à fait sûr d'être leur père, n'eut pas une pensée pour leurs jeunes âmes envolées. Il allait dépecer la grosse espadonne et la bouffer en compagnie de Douni et de Zmart, leur fils. Il était sûr de cette parenté. Zmart s'approchait justement.

Zmart promettait une descendance prestigieuse au roi de toutes les mers. Un an à peine et déjà cinq mille six cent livres, une peau platine et pas une écorchure. Le prototype du missile à mâchoires, conçu par une Douni amoureuse et par un Donk au faîte de sa gloire. Il arrivait juste au-dessus de la grande espadonne prise au piège.

Donk adorait ce moment où le combat était fini alors qu'il faisait rage. Zmart, dans son élégant mouvement d'attaque, feinte de morsure de face, coup de queue, retourné, assaut par en dessous, allait lui arracher les tripes. Ensuite, Douni viendrait et tous les trois se gorgeraient de sang avant de bouffer tous les habitants du rocher par principe. Ils en estropieraient quelques-uns qui pourraient continuer à vivre pour raconter le carnage et inoculer une terreur paralysante aux futures victimes.

- Je boufferai Klerg aussi, se dit Donk, mais personne ne touchera aux petits.

Cette faiblesse le surprit. C'est que, sans le savoir, Donk était guidé par une certaine morale familiale et croyait à la fidélité. C'est ce qui le perdit. Sa totale confiance en son fils l'avait aveuglé sur les véritables motivations de celui-ci : se taper Douni et en finir avec le roi des mers, ce saccageur bricoleur. Zmart n'était pas seulement un tueur parfait, c'était un administrateur froid qui rêvait de massacres gérés par les victimes, de pouvoir centralisé, d'un parti Zmartiste à sa dévotion, de la meilleure place à la table des Grands Esprits Flottants, d'une nuit de corail où lui et ses bandes déchiquetteraient les soi-disant Âmes Justes, tous ces mous, en accusant les chinchards de ce crime pour devenir le seul Empereur, Zmart le premier. Il se voyait vivre mille ans. Zmart ouvrit sa gueule éblouissante. Donk ne l'avait jamais vue d'aussi près. Il fut fier et terrifié d'en être le géniteur. La surprise de constater que son Zmartounet chéri n'était pas infaillible, qu'il pouvait se tromper de cible et qu'il l'avait mordu, lui, son père, à la place de l'espadonne, l'emporta un instant sur la douleur sèche provenant du broyage des os de son crâne. La minuscule cervelle de Donk, expulsée sous la pression Zmartiste, eut une dernière pensée pour des îles pelées autour desquelles il aurait fait bon continuer à tourner sans but. Elle flotta quelque temps, parcourut les entre deux eaux de la côte sud, et termina picorée par un troupeau de crevettes éblouies découvrant le goût délicieux d'un cerveau de requin putréfié.

Warda avait cru sa dernière heure arrivée et, tout au contraire, sa queue se trouvait libérée. Lentement la pression se relâchait et le jeune shark qui avait fondu sur elle dévorait le vieux mâle qui lui mordait la queue. Le sens de la manœuvre lui échappait. Plus personne ne s'occupait d'elle. D'un mouvement de tête vers le bas, elle fit glisser les deux sharkillons qu'elle avait embrochés. Elle monta aussi vite qu'elle put sans lâcher des yeux le rocher. N'étant pas suivie, elle s'arrêta pour regarder. Une femelle shark, grasse comme tout, s'approchait du jeune shark et mordait elle aussi dans le vieux mâle.

- Faut-il qu'ils aient faim, se dit Warda, et elle eut mal à la queue.

Les deux, en bas, faisaient l'amour à présent, frottant leurs bedaines sales l'une contre l'autre. La shark criait de plaisir mais le petit avait fini depuis un bon moment et avait l'air gêné de la voir continuer à se trémousser. Warda se permit un sourire devant les obscènes dandinements de la vieille shark qui ne devait rien savoir, ou qui avait tout oublié, de l'extraordinaire célérité amoureuse des jeunes mâles. Warda piqua sur le couple. Les deux sharks grossissaient à la pointe de sa flèche comme un mur qu'on ne peut éviter. Douni mourut la première bien que la flèche de Warda ne l'eut transpercée qu'en bout de course, après la traversée du corps de Zmart. Elle eut un spasme et se crut enfin parvenue à la jouissance qu'elle ne retrouvait plus jamais avec le gros Donk, qu'elle avait entrevue avec Klerg le zoulou, et qu'elle était sûre d'atteindre en compagnie de Zmart le souple. Elle avait oublié qu'il s'agissait de son propre fils et s'en souvint, horrifiée, bouche ouverte, cherchant un dernier souffle qu'elle venait d'utiliser.

Warda remuait sa flèche de gauche à droite, bâbord, tribord, auraient hurlé les glissants sur la frontière, en s'aidant du poids de tout son corps pour agrandir la plaie qui était en train de les tuer. Dans le combat, il faut faire vite et sans pitié. Les sharks pouvaient encore la mordre.

Zmart ne pensait pas à mordre. Il était tout à son étonnement. Il tenait de son père l'absolue sûreté de son invincibilité, c'était le seul legs familial sur lequel il s'accordait de passagères rêveries, et il fut bouleversé de découvrir, mêlés à la douleur, une bouffée de pitié et un brouillard de générosité. Et ce n'était que la première vague. Il fut totalement submergé par l'intrusion du don de soi, de l'amour et de la tolérance. Tout ce qu'il avait étouffé en lui parce que seule comptait sa géniale aptitude au combat resurgit à cet instant. C'était trop. Il aurait voulu embrasser Warda pour laquelle il éprouvait une infinie reconnaissance mais son cerveau fut noyé sous ce flot d'aptitudes insoupçonnées à la bienveillance. Il mourut de tout ce que lui apprit l'arrivée de la mort.

Les cadavres restèrent mêlés en coulant puis remontèrent longtemps après, toujours ensemble, dos à dos, presque intacts, l'emplacement du ventre parsemé de vers géants ripailleurs surgis d'autres entrailles. Ainsi, on ne parla plus du roi des Océans et de sa bande. D'autres se disputèrent leur place dans de sanglantes guerres fratricides.

Warda restait posée sur le rocher. Elle reprenait son souffle. Petit à petit, l'image de son Wilz s'imposait à celle des fureurs de la bataille. Ça devenait une évidence, son petit monstre gauche avait disparu. Elle entreprit calmement le tour du gros rocher, l'amplitude de ses mouvements diminuée par la douleur qui hantait sa queue marquée pour toujours par une rangée de dents. La vie reprenait. Chacun sortait de sa coquille. Des petits poissons rayés s'amusaient à se semer en prenant garde à ne pas se perdre de vue. Les chinchards au complet entamaient un joyeux pique-nique au sommet du rocher. Warda leur fit un sourire, la mère la regarda d'un air mauvais, le père chinchard lui rendit son sourire et se fit houspiller par sa femme. Le petit qu'elle avait tapé s'approcha et vint gentiment lui mordre la queue pour jouer. Warda l'entraîna dans un looping tendre et vertigineux qui vida les boyaux du petit chinchard d'émerveillement. Warda, qui s'en doutait, prit garde à ne pas ouvrir la bouche.

 Elle entreprit de fouiller chacun des trous que Wilz affectionnait. Celui dans lequel les langoustes s'assoupissaient pour leurs longues siestes, celui des poissons-lune que Wilz aimait tant taquiner pour voir leur corps se gonfler jusqu'à épouser les contours de leur tanière. Non, il n'était pas là. non, personne ne l'avait vu.

-   Si, il est passé ce matin, bien avant l'arrivée des sharks, à propos bravo et merci, quel combat ! J'allais venir vous aider mais ma femme s'est évanouie, vous savez comment sont les femmes, enfin, pas vous, bien sûr, mais les autres, les petites, quoi...

Warda continua à fouiller furieusement, donnant de petits coups de tête, appuyant sa flèche contre le fond d'un trou pour mieux ressortir et chercher ailleurs, comme repoussée par une roche élastique. Elle engloutit sa flèche en entier dans un trou plus profond que les autres et perdit l'équilibre. Le choc contre la roche lui fit vibrer la mâchoire et elle se souvint de l'histoire que Nurz lui racontait. Une maman espadon avait embroché son petit en le cherchant au fond d'un trou. Elle refusait de croire ça et frissonnait en y pensant. Nurz s'amusait à lui faire peur. Il s'éclatait de rire et fuyait pour revenir toujours. Elle l'adorait. Il était beau comme un dauphin. Elle était légère sous la caresse de Nurz. Il la laissait toujours sans force, elle se nourrissait de lui. Nurz. Parti au bout d'un pieu vers d'autres atmosphères.

À force de chercher, Warda avait atteint les fondations, tout en dessous, où il faisait toujours noir. Elle n'aimait pas s'y promener et avait interdit à Wilz d'y aller. C'était un endroit froid, habité par des poissons aveugles capables de modifier leur code génétique pour s'adapter aux dangers, se créant d'étranges organes en réponse à de mystérieuses fonctions, incapables de combattre. Ils se traînaient dans des enveloppes blanchâtres, mi-rampants, mi-nageants, avalant tous les poisons des glissants, qui retombaient ici à la frontière du monde des vivants, comme s'il s'agissait d'un assortiment de douceurs. Un bel espadon lumineux nageait là.

- Wilz ? Non, pas possible, Wilz est tout petit. A moins qu'il n'ait bouffé une saloperie ? Wilz ?

A cette profondeur l'élément était compact et la voix de Warda ne dépassait guère le bout de sa flèche. Pourtant, le bel espadon se retourna comme s'il l'avait entendue, la regarda en face et lui creva les yeux de sa lumière.

- Nurz... Oui, ce pourrait être Nurz.

L'espadon électrique fit volte-face, fonça vers la base du rocher, le pénétra comme s'il rentrait chez lui après un long voyage. Warda voulut le suivre mais sa flèche cogna la roche. L'autre avait commencé sa montée. Il partait. Elle pouvait le voir, pourtant les rochers ne sont pas transparents. Elle le suivit en eau libre, les yeux écarquillés pour ne pas le perdre. Elle montait parallèlement à lui. Il augmentait sa vitesse sans bouger sa queue, droit comme une statue d'argent. Le rocher éclatait sous sa force, vomissant des pierres en fusion. De plus en plus vite, comme s'il voulait tester Warda. Suis moi si tu le peux. Bien sûr que je te suis, Nurz. Il avait du se donner du mal pour venir la rejoindre et elle n'avait pas l'intention de le laisser filer cette fois. Il surgit au sommet du rocher, décolla au milieu des chinchards attablés qui firent semblant de ne pas le voir, par rancune sans doute, pour éviter de se mêler à la joie de Warda en fêtant le retour de Nurz le fluorescent.

Il poursuivit sa course vers la frontière, comme aspiré. Forçant sa queue blessée à d'insupportables ondulations, Warda continua à monter en le suivant. Elle eut conscience qu'aucun espadon vivant ne pourrait rattraper celui-ci et qu'il ne pouvait s'agir que d'un fantôme mais c'était mieux que rien. Nurz ne pouvait pas mourir. Il partait et il revenait, c'était dans sa nature. C'est comme ça qu'elle l'aimait.

Lorsqu'elle crevât la frontière sa flèche aurait pu traverser un navire en diamant. Elle bondit à presque trois fois sa taille hors de l'eau, décidée à grimper jusqu'à la boule jaune s'il le fallait, cria Wilz en voulant crier Nurz, et retomba au ralenti comme seuls savent le faire les espadons d'exception.

Après son saut, la veuve de l'espadon se laissa dériver à la surface, couchée sur le flanc, ses yeux ouverts aveuglés pour toujours par une empreinte scintillante, incapables de retenir les derniers rayons du soleil. Des tueurs glissants l'avaient frôlée sans la voir. La côte était assez proche. Elle entendait enfin les cris des arbres mêlés au rire des enfants qui pataugeaient dans le sang de ses frères qu'on vendait au marché. La nuit tomba sans surprise. Tous les glissants du monde s'étaient enfouis dans leurs repaires qui grimpaient en étages jusqu'en haut des collines. Wilz était mort sans doute, avalé par un trou, et Nurz l'égoïste, voyageur intrépide, l'avait à nouveau quittée. La mer était calme comme au jour lointain de la première marée.

POIGNÉES DE SABLE

Mandana représentait pour moi tout un univers. J'en gardais le souvenir d'un immense bâtiment isolé, cerné de jardins et battu par la mer. Je l'ai revu il y a peu. Ce n'est qu'une étroite villa lugubre, minuscule, entourée par Les Nouvelles Constructions. Près du portail, un malheureux dévissant ânonnait dans un dialecte étrange. Les environs ne seraient qu'une gigantesque fosse commune remplie d'enfants. Les Nouveaux Bâtisseurs auraient bâti hâtivement pour rendre impossible d'éventuelles recherches. Katao, le président élu des Nouveaux Bâtisseurs, aurait été le propre fils de Kato. J'allais lui rétorquer que ce n'est pas parce que l'on s'appelle Katao que l'on est automatiquement le fils de Kato et que, même si cela était, ça ne rend pas l'hypothèse du charnier que l'on veut planquer plus vraisemblable, mais il est parti en courant sans respecter les lignes de promenade. Ombre néfaste presque muette nourrie de vieilles sauces heureusement rattrapée en bas de l'avenue par une patrouille de jeunes BSA marteaux. Il faut bien que ces gamins se fassent les dents, comme dit Robegna pour nous faire esclaffer pendant les réunions. Qu'il est drôle.

Malgré son apparence, « Villa Mandana » n'est pas misérable et abandonnée. Tous les muets que nous ne voyons plus errer dans nos Mondes y travaillent à temps échangé. Ils y sont formés et entraînés à intégrer les patrouilles de BSA les plus diverses. Et vous savez qui paye ça, de sa poche sans rien demander en échange si ce n'est un peu de la reconnaissance généralement accordée à celui qui soulage sans rien demander en échange ? Je vous le donne en mille : Les Nouveaux Bâtisseurs, menés par leur président Katao, un homme intègre que je côtoie aux PPIN et que je me réjouis d'accompagner bientôt dans un plongeon plein d'ardeur. S'il a le regard fuyant, c'est pour cacher ses yeux perpétuellement injectés de sang. Il rougit des douzaines de mouchoirs. Comme quoi, un léger handicap et la ruse du handicapé pour s'y soustraire peuvent entraîner des jugements hâtifs. Les BSA, par exemple, ne sont pas des monstres sanguinaires, ce sont des hommes comme vous et moi mais cagoulés. Certains sont muets. Si votre DDPP est activé, la patrouille vous laisse passer, si votre Droit De Passage Provisoire est périmé, l'attitude de la patrouille vous indique clairement que vous faites fausse route. Si vous n'obtempérez pas, vous violez la loi 831 qui, je vous le rappelle, interdit de discuter avec des muets. Longue Vie Personnalisée à notre Ministre des Sens Affectés qui a tenu à réserver des emplois de BSA aux muets qui hantaient le pays.

 Hors les soins et les exercices de nuit au cas où nous serions victimes de nouveaux bombardements, j'avais beaucoup de temps libre. Je grandissais et les soignants me chargèrent bientôt d'effectuer les photographies. On n'imagine pas la consommation photographique d'un grand centre Régional comme celui de Mandana. Il fallait des traces de ceux qui entrent, de ceux qui sortent, des pré-dévissants qui se plaignent d'entrer ou de ne pouvoir sortir, des petits participants aux exercices de nuit, des photos de blessure aussi et les photos des traitements appropriés pour les soigner. Il arrive qu'il y ait des accidents dans un grand centre comme celui-ci. On peut tomber dans l'escalier, perdre ses dents, heurter avec sa tête le bord métallique d'une couchette, se briser les membres en courant follement sur un carrelage glissant, se brûler, se retrouver fouetté jusqu'au sang par des branchages ou des buissons épineux. Mille petits bobos quotidiens peuvent survenir. Kato voulait garder trace de tout. Sans le savoir, notre bon directeur avait inventé une sorte de Suivi Photographique Personnalisé. Je peux dire sans me vanter que nous avons été à l'origine des progrès fulgurants qui ont été réalisés dans le domaine du classement par fichier. Ces dizaines de milliers de photos étaient rangées selon une méthode qui, aujourd'hui encore, est utilisée par nos exigeants Enquêteurs Appropriés. Il fallait le faire à l'époque. Où sont-elles aujourd'hui toutes ces photos ? Dans les mains d'un collectionneur ? Je n'en ai plus revu une seule. Un jour, Kato m'a dit que j'étais guéri. Je suis sorti de Mandana. Je devais avoir vingt de mes années d'alors. J'avais oublié que mon destin était de devenir pêcheur et je voulais faire de la photographie. Ce fut la guerre à la maison.

Toutes les armes que peuvent utiliser des parents pour faire changer d'avis un fils qui a passé tant de temps à Mandana furent utilisées.

Moi, je n'avais qu'une idée en tête : revoir Tipita au levant, depuis le coin poissonneux dont seul mon père connaissait l'emplacement, et l'immortaliser grâce à mon CaptoMatic, un petit appareil à photos dont on m'avait fait cadeau à la fin de mon séjour à Mandana. Mais mon père m'a considéré comme un traître, je vous l'ai dit. Il a préféré vendre sa barque plutôt que de m'emmener avec lui. Il l'a lâchée pour vingt trois petos. Je me suis mis à chercher des embarcations de hasard. D'abord, ils se sont tous battus pour m'avoir à leur bord. Ils croyaient que mon père m'avait livré les repères du rocher miraculeux et que j'allais les y conduire directement. Ils m'appelaient Mikelito, ils me tapaient dans le dos, ils me demandaient si ça n'avait pas été trop dur à Mandana. Nous prenions la mer très tôt, à l'époque qui semble n'avoir jamais existé où l'on prenait la mer très tôt pour partir à la pêche. Ils se taisaient lorsque je me perdais dans le réglage fin des cercles qui entouraient mon objectif. Ils applaudissaient à mes recherches de position idéale, toujours à la proue du navire, à quatre pattes, à genoux, debout, cambré, penché, corps hors de la barque, me retenant de la main pour ne pas passer par-dessus bord. Ils me haïssaient en fin de journée quand nous rentrions, pas un poisson pêché, pas une photo prise. Ils m'auraient bien coupé en petits bouts pour m'accrocher à leurs hameçons, mes braves compagnons, les pauvres pêcheurs.

Le bruit a fini par tournoyer dans les cafés : je portais malheur. Il ne fallait surtout pas m'avoir à son bord. On racontait que ma mère avait négocié mon âme avec le grand Belzèb pour me sauver d'une paralysie de l'index et que j'étais marqué à jamais par ce marchandage. Les poissons me fuyaient. Ma simple présence sur une barque suffisait à la condamner à la stérilité pour l'éternité. Embarqué par quelques malheureux mal informés, j'ai du prendre trois photos en tout durant cette longue période de doute, trois clichés accidentels sur lesquels Tipita paraît molle, endormie ou trop nerveuse, mal à l'aise, décadrée, tronçonnée. Non, ma photo ne s'est pas faite comme ça. Il a fallu que je supplie mon cousin à genoux, que je mange des poignées de sable devant sa barque pour qu'il me jette un regard, que je déchire ma chemise en lambeaux et me torde les mains de désespoir, que je me cogne la tête contre les murs de sa maison pendant des nuits et des nuits entières jusqu'à ce que la migraine le prenne, jusqu'à ce que sa femme ait pitié. Je l'ai fatigué, je l'ai usé. Il m'a dit :

- Je t'emmène une fois Mikel, une seule fois.

J'ai répondu oui.

Il a refermé sa porte et m'a laissé tout seul dehors, dans l'obscurité. Je suis rentré chez moi, je me suis un peu tamponné le front avec de l'eau froide et j'ai préparé mes affaires.

Je suis sorti du sommeil en sursaut. Je n'avais pas du tout prévu de m'endormir. Quatre heures et quart. En voulant me presser, j'ai réveillé mon père :

- Tu cherches toujours le rocher ?

- Oui papa.

- Tu ne le trouveras jamais.

- Oui, dors papa, il est encore tôt.

- Tu es un traître, sois maudit.

Je me suis penché pour embrasser ma mère. Elle a envoyé sa tête en avant et m'a tapé en plein front, juste à l'endroit qui m'avait servi à frapper les murs de la maison de mon cousin. Elle croyait sans doute que c'était JC qui se précipitait à sa rencontre pour la remercier de l'avoir tant sollicité. Je me suis relevé en titubant dans la pénombre. Je craignais qu'elle ne se soit blessée mais elle s'était déjà rendormie, impatiente de replonger dans ses rêves. Elle ne sortait de ses nuits qu'exténuée, prête à prier sans relâche, mûre pour une de ces bonnes crises de cou qui ont fini par l'emporter. Bien sonné, je comptais mal les pas qui me séparaient encore de la porte et j'écrasais Mendoï. C'était mon petit frère, cinq ans, né pendant mon séjour à Mandana, conçu tard par mes parents le soir de la dernière bonne pêche qu'ait fait mon père, nuit d'ivresse. Époque reculée, peu civilisée, où n'importe quel couple pouvait concevoir quand bon lui semble sans Autorisation Exceptionnelle de Conception. Mendoï était allongé sur un matelas, par terre. Il crut que je voulais jouer, il n'y avait pas d'heure pour lui, il partit d'un éclat de rire formidable. Si quelqu'un me manque vraiment, à l'heure où je fête bientôt mes cinquante années de Vie Personnalisée, c'est Mendoï, mon petit frère, si petit, trop petit, sélectionné avec justesse parmi les T.I.S., Taille Inutiles à la Société. Je ne sais pas où il vit mais je sais qu'il vit heureux quelque part, en compagnie de ses frères et sœurs de trop petite taille. Bien sûr qu'ils sont mieux là où ils sont. Nos Solutionnistes sont très avisés et ne font pas n'importe quoi. Pourtant Mendoï me manque. Mon petit Mendoï qui riait tant qu'il pouvait. Oui, Robegna a raison, je suis une grosse méduse émotive et je ne vous conseille pas de me suivre sur cette pente propice à déstabiliser une existence entière qui n'aurait pas été bâtie sur du solide comme c'est mon cas.

Ma sœur plus grande, Mariana, ne vivait déjà plus avec nous. Elle était devenue devenue la compagne du chef de la gare qui a su devenir plus tard le chef des gares centrales. Ce n'est pas parce que les troupeaux de putes qui hantent les gares centrales ressemblent toutes à ma sœur que c'est elle qui les a formées. Pourtant, je crois la revoir en mille exemplaires quand il m'arrive de passer près des gares, à l'heure où les BSA en pause s'y déversent et choisissent celles qu'ils utiliseront. Malheur, grand malheur, sur la tête de ceux qui disent qu'une pute qui ne ressemblerait pas à ma sœur ne serait pas autorisée à être utilisée. Elle va bien, Mariana. Sa Vie Personnalisée est un succès. Elle m'écrit une carte postale tous mes cinq cent jours environ. C'est toujours ma photo de Tipita qui décore la carte.

Je me suis retrouvé dehors, mal réveillé. J'ai couru jusqu'à la plage. Je portais mon CaptoMatic en bandoulière autour du cou, il s'est emballé et m'a frappé durement les côtes. J'étais maigre. Oui Robegna, j'étais maigre et j'avais peur de briser le petit appareil. J'ai ralenti ma course. C'était le moment doux où Tipita frémissait en secret encore toute engourdie par la fraternité trompeuse de la nuit. Sur le pas des portes, quelques vieilles insomniaques s'épanchaient sur leur sommeil trop court et leurs croyances enfantines irréalisables. Le fléau de l'insomnie a été vaillamment combattu et vaincu par nos Pools Médicalisées. Qui a vu une vieille insomniaque sur le pas de sa porte récemment ? J'ai traversé le boulevard de la mer, actuel Interport 14 voies. Je me suis retrouvé à trotter dans le sable, sans bruit. La barque de mon cousin était presque à l'eau.

Les plages et le sable, j'en ai beaucoup parlé. Les deux vont ensemble. Une plage était une grande étendue de sable fin face à la mer. Le sable rentrait dans les chaussures quand on marchait dedans et dans la composition du ciment. C'était une matière meuble, infiniment petite et ronde, accueillante et incassable, autant vous dire qu'il n'était pas courant d'en mâcher des poignées sans se faire mal aux dents. Lorsque le sable a disparu, épuisé par nos ingénieuses Entreprises de Cimentage, nous avons craint pour elles. Le blé l'a avantageusement remplacé quand fut inventée la Nouvelle Formule Bétonnante. Nos succès récents ont toujours été puisés dans la difficulté.

BANDE DE CONGRES

Wilz frétillait toujours.

Il entrait dans sa cinquantième marée. Un peu plus tôt, ou bien plus tôt, ou hier, il ne savait pas et s'en fichait, Wilz avait vu un trou, l'avait atteint et s'y était caché sans que Warda s'en aperçoive.

Le cache-cache avec Warda, c'était son grand jeu. Il savait qu'elle le cherchait toujours et il se cachait parfois juste sous son ventre. Là, plus de bruit, plus de rires, il fallait attendre qu'elle s'inquiète. Ça venait assez vite, en tout cas ça venait toujours. Elle l'appelait, ronchonnait, se contorsionnait pour deviner où il était passé. Il suivait ses mouvements comme une ombre mais ses fausse manœuvres finissaient par le trahir. Comme, par exemple, le maudit coup de nageoire à gauche alors qu'on veut aller à gauche et qu'on se retrouve à droite en face de la gueule de maman en colère. Warda armait alors une gifle terrible qu'elle ne lui donnait jamais et finissait par le serrer contre elle en l'embrassant.

Ce matin là, il s'était caché dans un trou. Les trous, c'est génial. Warda le cherchait, tout allait bien. Elle s'énervait un peu et il avait failli sortir, seulement stoppé dans son élan par la claque magistrale qu'avait essuyée son pote le chinchard. Il avait décidé de ne pas bouger de peur d'en prendre une lui aussi et, presque aussitôt, il s'était endormi. Une gueule énorme pleine de dents, et même de plusieurs rangées de dents, qui dévorait l'entrée de sa cachette, l'avait réveillé. Cette bête mangeait les rochers. Wilz était fasciné. Il aurait voulu que le spectacle dure toujours mais la gueule avait craché du sang tout d'un coup et avait disparu. Pas croyable. Il se préparait à sortir à nouveau malgré tout ce sang qui flottait et qui donnait un mauvais goût à tout, quoiqu'on s'habituait, et même c'était pas si mauvais, pas pire en tout cas que la cervelle de rascasse que Warda lui servait régulièrement pour sa croissance et qu'il fallait finir sous peine de fessée. Il se fichait bien de sa croissance, il avait envie de mourir pour ne plus jamais être obligé de manger de la cervelle de rascasse. Il prenait son air malheureux et négociait avec Warda quelques bouchées qu'il recrachait ensuite. Elle ne pouvait rien lui refuser. Elle était deux mille fois plus grande que lui mais il avait l'impression de la tenir, sans bien savoir pourquoi.

Il avait sorti un œil de sa cachette. Warda était en plein combat. Chouette, des sharks. Les sales bêtes étaient venues. Ça lui faisait plaisir pour sa maman, depuis le temps qu'elle les suppliait de se pointer. Un gros était arrivé par derrière et lui avait mordu la queue mais elle avait embroché deux petits pas plus grands que lui sans se retourner. Ça devrait être une tactique de se laisser mordre la queue comme ça. Les sharks, Warda connaissait ça par cœur. À aucun moment, Wilz n'avait eu peur pour sa mère, surtout parce qu'il ne savait pas ce qu'était la peur. Il y avait bien la peur de la baleine rouge que sa mère lui inculquait avec obstination mais il sentait bien que si la baleine rouge s'amenait pour l'obliger à terminer sa cervelle de rascasse ou pour mugir près de lui quand venait l'ombre et qu'il fallait dormir alors qu'il n'en avait pas envie, Warda l'aurait transpercée. Le combat avait rapidement tourné à la confusion. Les sharks se dévoraient entre eux. Wilz avait un peu regretté que Warda transperçât trop vite les deux qui étaient en train de se frotter le ventre et qui avaient l'air de bien s'amuser, surtout la dame, sauf qu'elle n'arrêtait pas de crier. Peut-être qu'elle avait mal à hurler comme ça ? Elle fermait les yeux en se trémoussant et ses cris faisaient drôlement vibrer la petite colonne vertébrale de Wilz. En tout cas, elle faisait bien son boulot tandis que l'autre qui avait une couleur de peau géniale et qui bougeait fort au début ne semblait plus tellement être dans le coup. Quel dommage que charchin le marsouin n'ait pas pu voir le combat, ça l'aurait scié cette tête de moule. Après, il ne savait plus trop s'il devait sortir ou attendre ? Il avait attendu un peu, un millième de marée, une éternité. Il était sorti et sa mère avait disparu. Les chinchards se goinfraient de viande de shark. Wilz avait vu son pote s'approcher pour lui dire qu'il savait comment on faisait les bébés, ils ne naissaient pas dans les anémones, non, non, il avait vu sa sœur avec son père et elle lui avait tout raconté pour qu'il ne les dénonce pas à sa mère... Bref, il lui donnait rendez-vous au trou à poisson-lune après le déjeuner et Wilz devait s'attendre à des révélations surprenantes. En échange, il exigeait que Wilz lui racontât le combat de Warda contre les sharks parce qu'il n'avait rien vu, on l'avait obligé à se planquer avec toute la famille, il paraît que ça ne les regardait pas parce qu'ils n'étaient pas du coin.

- Pas de problèmes, dit Wilz, j'étais au premier rang et je me suis pas dégonflé, j'ai transpercé un bout de bidoche du gros, mon pote, un gros qui mordait la queue de ma mère et même ça l'a fait lâcher le gros, c'est tout grâce à moi...

- Ton flèch est tro molle. Té pa cap, lui dit le petit chinchard, ébahi, tout à fait prêt à le croire pour peu que Wilz insistât dans sa version.

- Ma flèche est trop molle ! Ca va ouais, chinchard pourri ! T'es qu'un gobi, t'y connais rien. T'as vu ma mère, charchin ?

- Elle est en dechou, elle te cherch ! lui cria la mère chinchard sans cesser de mastiquer les couilles de Klerg l'éclaireur.

C'était le morceau d'entre tous qu'elle préférait. De cette folie de gourmet, aller naître, quelque temps plus tard, le principal prétexte à la déstabilisation de l'Empire Circulaire.

- Les chinchards nous ont envahis pour nous bouffer les couilles ! gueuleraient alors, en guise de discours, de nouvelles races de poissons dédiabolisés particulièrement venimeux sous des dehors débonnaires.

De longs hourras jetés par une foule grise secoueraient alors les vastes étendues de sable qui s'étendent au pied des Roches Bleues, territoire sacré résonnant d'anciennes oraisons prestigieuses, endroit désigné de tout temps pour exprimer les désirs profonds des peuples du dessous. Les Âmes Justes auraient toutes disparu. Il n'en resterait qu'une, celle de Mlurk l'Ancien. Il tenterait de calmer le jeu en s'adressant solennellement à tous les occupants des cent douze mers. Fin politique, il admettrait que certains chinchards, un peu ignorants de nos valeurs, avaient peut-être grignoté une couille ou deux mais sans arrière-pensées agressives. La nuance échapperait à tous. Si Mlurk, lui aussi, convenait que les chinchards étaient des saloperies de bouffeurs de couilles, c'est qu'il serait temps de les crever. Sans se laisser troubler par les beuglements sanguinaires, Mlurk l'Ancien atteindrait l'apogée de son discours en admettant qu'effectivement les chinchards, peuple ami par ailleurs, étaient peut-être trop nombreux dans des endroits dont ils n'étaient pas originaires et qu'une trop importante concentration de ces excellents et honnêtes travailleurs pouvait rompre l'équilibre de ce monde. Il faudrait un petit nombre de chinchards par rocher, mais pas plus. Mlurk décrèterait qu'il y avait un seuil à la tolérance.

La flamme de la tolérance, oubliée de tous, cachée dans une fosse secrète des océans transpolaires et confiée lors de la création du monde à la race des baleines rouges, patiemment entretenue par la dernière d'entre elles, une vieille albinos rosâtre presque aveugle qui n'impressionnait plus personne, serait soufflée d'un coup.

- À mort, à mort les chinchards ! baveraient des milliards de poissons et de crustacés qui auraient longtemps respecté Mlurk sans trop se souvenir pourquoi.

Mlurk tenterait bien de tempérer l'ardeur de la foule. Il se raclerait la gorge pour asséner quelques phrases éternelles appelant à la raison et à l'effort de tous, d'habitude ça marchait. Mais ce serait déjà trop tard. À ses côtés, la tête de la racine empoisonnée, autrefois titillée par les arrière-pensées de Warda lors d'un fameux combat contre les sharks, surgirait sur l'estrade du pouvoir. Elle arriverait, essoufflée, de tout là-bas dessous. Elle aurait l'air super sympa, pas du tout une tête de vieille racine sanglante, non, plutôt une bonne tête de racine condamnée par erreur, qui a longtemps attendu et qui ne méritait pas sa fossilisation. Elle tendrait sa patte centrale à Mlurk qui, bouche-bée, n'y croirait pas.

- Qu'est ce qu'elle fout là ? se demanderait-il sans trouver de réponse, elle n'a pas le droit, elle a été condamnée à la fossilisation, non ?

Le peuple gronderait, exigerait que Mlurk fraternise avec la racine. Il hésiterait, totalement déstabilisé. Pourtant c'était un vieux stratège, un fin mérou, un malin. En souriant, la racine lui arracherait sa nageoire caudale. Avant qu'il n'envisage que c'était bien son sang qui s'écoulait, qu'il y avait des témoins, qu'il dirigerait sa défense au procès qu'il ne manquerait pas d'intenter à la racine et que sa plaidoirie servirait de point de repère aux nouvelles générations, les innombrables paires de pattes de la racine saisiraient les coins de sa plaie et les retourneraient, offrant le spectacle de ses viscères à la foule.

- Qu'est ce qu'elle fout là ? pourrait se répéter Mlurk une dernière fois avant d'être jeté en pâture à une bande de congres de droit commun.

L'âme de Mlurk s'envolerait. La tête de la racine l'aspirerait au passage en continuant de sourire, la mastiquerait bruyamment et la recracherait, petite limace noire dégoûtante. Stupeur. Stupéfaction. « Oh » de la foule. Les racines auraient pris le pouvoir, oxygénées par l'avidité des peuples à croire d'abord ce qui n'est pas difficile à comprendre, perpétuellement ravivées par l'oubli de leurs exactions passées. Plus tard, sous l'étau final, les vieux gémiraient :

- Je vous l'avais bien dit.

On aurait beau chercher, on ne trouverait pas, ils n'avaient rien dit du tout. Alors, on se débarrasserait des vieux. L'Empire retentirait des cris des égorgés. Les tueurs seraient bénis. Ils seraient l'avant-garde d'une race unique, la dernière, une race stérile, sans mémoire et sans regrets. Les ténèbres envelopperaient soigneusement les restes de l'Empire comme un linceul doux sur des monceaux de sacrilèges. Tout cela arriverait, bien plus tôt qu'on ne le pensait, au moment où chacun l'imaginerait impossible et ne s'en défierait pas, peu de temps avant la fin des éléments.

Pour l'heure, Wilz continuait à regarder la matrone sans bouger. D'un coup de menton baveux, elle lui indiqua le dessous du rocher, la direction que Warda avait empruntée. Wilz s'avança jusqu'au bord de la falaise, cherchant à en apercevoir le fond. C'était tout noir et, en plus, sa mère lui avait toujours interdit d'y aller. Oui mais elle y était, elle. Il fallait qu'il la trouve parce qu'il commençait à avoir une drôle de sensation comme d'imaginer qu'il n'allait plus la revoir et qu'il resterait tout seul sur le rocher. Qu'est-ce qu'il ferait là tout seul ? Il y avait bien les âmes des frères disparus dont Warda lui rebattait les oreilles depuis peu, soi-disant qu'on était en prise directe avec elles mais il ne les avait jamais vues et ça n'avait pas l'air d'être des rigolotes. Et si la baleine rouge se pointait ? Il se sentit trembler. Un gros frisson le parcourut.

- Ca y est, j'ai peur, chouette.

Wilz hésitait à plonger. Il avait du mal à faire du sur place et tous ses muscles étaient raidis par cet effort. Pour combattre l'œuvre paralysante de la peur, il puisa dans le capital de courage dont tous les espadons sont pourvus à la naissance et se dit qu'en bas, ça pouvait être rigolo finalement, aussi rigolo qu'un trou, quoique si c'était rigolo ça se saurait, et rien n'est plus rigolo qu'un trou sauf un trou à poisson-lune, ça c'est génial. Décidé à plonger, Wilz prit une grande inspiration et tenta d'orienter sa flèche vers le bas, sans mouvements, comme un grand. A ce moment, une lueur fulgurante surgit du sommet de la colline. Il se passait vraiment de drôles de trucs aujourd'hui. Un gros espadon lumineux éclata au milieu de la tribu chinchard et continua à monter vers là-haut. Wilz le regardait bouche-bée tout en ouvrant bien ses oreilles parce que la mère chinchard allait forcément gueuler des bordées de jurons qui rendaient Wilz et son pote fous de bonheur. Mais non, personne n'avait bougé chez les chinchards. Incroyable ! Ils continuaient tous à manger salement comme si rien ne s'était passé. Un gros espadon lumineux venait d'exploser leur pique-nique, non ?

Tout à coup, un remous surpuissant l'envoya bouler au milieu des restes de Klerg l'éclaireur. Warda l'avait frôlé en passant comme une bombe. Elle filait vers là-haut elle aussi. Il sentit des petites morsures sur sa peau. Les chinchards le bouffaient ! Il s'ébroua violemment et fit quelques mouvements de flèche assez réussis. Les réfugiés se blottirent dans les anfractuosités du rocher et leur peau se fit couleur de pierre. La mère chinchard implora le pardon de Wilz qui, quoique bébé, était de la race des espadons. Ils ne l'avaient pas mordu exprès, c'était par réflexe parce qu'il s'était retrouvé entouré de bouffe. Wilz ne répondit rien. D'un coup de queue rageur, il dispersa les restes de Klerg sous les regards soumis des chinchards. Warda était passée sans le regarder, sans même le voir à vrai dire, et ça le rendait bizarrement malheureux et fier.

Il entama sa montée. Ce ne fut pas une de ces montées irrésistibles que Warda craignait par-dessus tout. C'était une recherche étrange, le fruit d'un raisonnement, l'aboutissement d'un combat intérieur comme s'en livrent rarement les petits espadons.

Il faisait nuit lorsqu'il crevât timidement la frontière. Il pleurait, il ne savait pas ce qu'était la nuit, il la confondait avec les ténèbres sous le rocher. Il trouva Warda couchée sur le côté, lentement ballottée par l'élément, toute proche de la plage. Il crut qu'elle était morte et couina de désespoir.

- Nurz, cria-t-elle d'une voix de détresse.

Le seul nom qu'elle pourrait articuler désormais, son cri des nuits inquiètes. Il ne manquait plus que ça, qu'est ce que ça peut bien vouloir dire ?

- Nurz, répéta Wilz d'une petite voix.

- Nurz, gronda Warda en tremblant.

- Bon, se dit Wilz.

Il eut toutes les peines du monde à la remettre en route. Il se demandait si c'était bien sa mère qu'il avait retrouvée, tellement ce corps flasque attiré par les mauvaises directions avait peu de ressemblance avec celui qu'il connaissait. Il la soutint et la dirigea jusqu'au rocher. Une vieille espadonne amnésique, aveugle, paralysée de la queue, et qui ne savait dire que Nurz d'une voix étrange avait remplacé Warda.

CLARTÉ STUPÉFIANTE

Tout l'équipage, huit hommes pleins d'une rancœur muette, me regardaient avancer dans la nuit. Ils avaient du parler de moi avant que j'arrive et renifler de loin ma silhouette famélique. Famélique, oui Robegna, j'étais comme un fil. J'ai voulu leur dire un grand bonjour frais et joyeux mais ma voix s'est écrasée au fond de mon estomac.

Sans me serrer la main, mon cousin m'a fait signe de monter à bord d'un coup de menton. Quelque chose me disait que ce n'était pas encore aujourd'hui que je la ferais ma photo de Tipita. J'ai sauté dans la barque en prenant garde de ne pas mouiller mon appareil. Je crois que les pêcheurs, énervés par ces façons de danseuse conjuguées au fait que j'avais été trop en retard pour les aider à pousser la lourde barque du sable vers la mer, en conçurent un supplément de haine. Il y avait un géant à bord, un dénommé Axi. C'est lui qui donnait le coup de reins qui libérait la barque chargée d'hommes de l'attraction du sable. Un sacré coup de reins quand on y réfléchit. Axi sauta à bord pour nous rejoindre au moment où le moteur se mit à ronronner. Il cracha violemment sur le pont. Un éclat de salive me toucha la paupière. Je n'osais pas regarder le géant. Je n'osais pas non plus me frotter l'œil. Je n'osais même pas cligner des yeux.

Les danseuses étaient des femmes qui sautillaient en rythme sur une musique. Leur prestation se déroulait la plupart du temps dans un opéra, une sorte de théâtre géant, un turbo-théâtre, vous imaginez l'ennui ? Nos musiques de Parade et nos danses Régionales ont heureusement remplacé ces divertissements dévisso-déconnectants.

Axi gueulait plus fort que le bruit du moteur, des insultes, des menaces de mort très directes :

-	Ce chien de photographe ! On ne pêchera rien à cause de lui ! Je pourrais bien le planter avec ce pieu que tu vois là et qui a traversé le cuir de plus d'un shark !

Tout le monde riait, même moi, mon cousin souriait. J'étais parti dans mes réglages. Nous avancions vers le large. Ils s'amusaient à relever leur traîne en faisant exprès de tendre leur fil près de ma tête pour m'éclabousser de gouttelettes d'eau de mer. Je vérifiais ma pellicule et j'armais mon Capto. Personne ne prenait de poisson et une grosse boule se gonflait dans ma gorge. Je me suis demandé combien de temps un film pouvait rester dans l'appareil sans s'abîmer, combien de temps un homme pouvait-il courir après son rêve, combien de petos coûtait l'amour d'une jolie femme comme celles qui habitaient dans le quartier de la pinède et qui ne déambulaient jamais au-delà de leur luxueuse voiture, comment ferais-je demain quand on ne m'accepterait plus sur aucune barque ?

L'eau de mer avait un sacré goût, elle était piquante et salée, éclatante de goût. Elle n'était pas bleue mais transparente. C'est le ciel qui était bleu et qui lui donnait sa couleur. Le ciel était bleu, oui, mes jeunes compagnons. Je ne sais pas pourquoi il possède aujourd'hui cette étrange couleur verdâtre. C'est comme ça, c'est venu lentement, tout se modifie. Ce n'est la faute de personne si tant est qu'il y ait faute à changer la couleur du ciel.

-	Le rocher, le rocher ! hurlèrent en cœur les hommes.

-     Il est juste en dessous ! dit Axi.

Mon cœur faillit partir se promener tout seul en dehors de ma poitrine. J'y étais. Exactement à l'endroit où il fallait, à l'heure où il fallait, comme s'il s'agissait d'un simple rendez-vous. En tremblant, je portais le viseur de mon Capto à la hauteur de mon œil droit. Je fus brutalement attaqué par l'appréhension d'une crise de paralysie et fis quelques mouvements d'index pour la combattre. Sur la barque, l'excitation grimpait. C'était insensé de trouver le rocher. Comprenez que tous les pêcheurs de la côte passaient leur temps à le chercher sans croire à son existence. Il était là, simplement, en face de la plage, dans le prolongement du clocher qui sert actuellement de socle à la Tour des Activités Electriques Autorisées, à la latitude du vieux moulin de Cebras, disparu, presque au bout de la falaise, disparue, pour laisser place au port des Retraités Militaires Actifs. Les repères étaient d'une clarté stupéfiante. Mon cousin les nota scrupuleusement mais ça ne servait à rien de noter les repères, on ne retrouvait jamais l'endroit, comme s'il flottait sous l'eau ce satané rocher.

La pêche promettait d'être fameuse. Bonne pêche, bonne paye. Bonne paye, bonne cuite, et les femmes par-dessus le marché, et les histoires qu'on raconte dans les bars. Les bonheurs se télescopaient avec les promesses de paradis, en rythme avec les filets qui passaient par-dessus bord, et les lignes, les balances, les paniers, tout ce qui pouvait servir à piéger un poisson. J'étais le seul qui regardait fixement la côte. Un rayon frappa soudain l'écume d'une vague. Le soleil éclata au-dessus des montagnes et sa lumière dorée se répandit en coulant sur Tipita. L'instant était enfin venu. Je ne parvenais plus à avaler ma salive. Les lignes tapaient toutes en même temps, un filet venait de casser sous le poids du poisson. Personne ne prenait le temps de trier et les carcasses fiévreuses grouillaient sur le pont. Les pêcheurs s'activaient, ça bougeait drôlement à bord, ça bougeait trop, impossible de cadrer. J'ai hurlé :

- Arrêtez de bouger, merde, arrêtez de bouger !

Non, Axi n'a pas saisi le pieu à requins en décidant que je ne méritais pas de vivre parce que j'osais leur demander de cesser tout mouvement le jour d'un événement aussi fabuleux que la découverte du rocher mythique. Mon cousin l'aurait stoppé, tous les hommes du bord n'auraient pas hoché la tête pour donner leur assentiment. On ne tue pas quelqu'un comme ça. Tout au contraire, huit têtes de pêcheurs se sont tournées vers moi, synchronisées par une subite déférence à mon égard. Ils devinaient que j'avais quelque chose de plus important que leur pêche à accomplir et l'avenir leur a donné raison. Ma fantastique photo a tout changé, vous le savez. Ils cessèrent de bouger. Le calme revint à bord. Mes mains tremblaient mais je réussis à cadrer parfaitement ma ville.

UNE VIE RECTILIGNE

Wilz fut tout de suite obligé d'apprendre à la surveiller et à la nourrir. Il se rendit compte assez vite que c'était dangereux pour elle de rester immobile et à vue. Les poissons malades ne vivent pas vieux et Wilz voulait que Warda vive toujours. Il fallut trouver un trou du rocher assez grand pour contenir l'espadonne géante. Il n'y en avait qu'un, c'était le trou aux chinchards. Ils proposèrent de déménager sans que Wilz fut obligé de le leur demander. Par respect pour celle qui leur avait tant de fois sauvé la mise et qui les protégeaient des odieux et aussi parce qu'il ne viendrait à l'idée d'aucun chinchard de refuser quoi que ce soit à un espadon. Aidé de son pote et des filles chinchards, Wilz nettoya le trou pour sa mère. Elle ne pouvait pas faire autre chose qu'y entrer sans se retourner. Un bout de sa queue dépassait en eau libre. Un bout de queue qui dépasse, c'est toujours bon à manger. Prudent, Wilz camoufla la queue avec des algues et des petites coques parasites qui trouvèrent là un asile propre à fonder une dynastie. Warda sortait à heures fixes. Wilz la guidait à reculons. Il chassait les petits poissons rayés pour les tuer et non plus pour leur courir derrière en jouissant de leurs contre-pieds fantastiques. Il les conservait sur sa flèche et les faisait mastiquer à Warda qui les engloutissait en criant Nurz de bonheur parce que ses papilles fonctionnaient toujours et que c'est bon les poissons rayés.

Quand Warda mourut, Wilz se promit de tout détruire. Il mesurait treize mètres de la pointe de sa flèche au dernier petit bout de sa queue. L'espadon inimaginable.

L'immense corps de Warda avait été posé tout en haut du rocher. Il était lesté par les cent douze galets précieux apportés par chacune des nobles espèces représentantes des cent douze mers. Aucune ne manqua de venir rendre un dernier hommage à la maîtresse des océans après la baleine rouge. La tête de Warda était couronnée par le dernier couple de langoustes dorées des territoires lointains. Mille poissons tachetés des mers chaudes virevoltaient en parfait accord au-dessus de son cadavre, créant à chaque seconde quatorze figures géométriques inconnues jusqu'alors. Les moines des cent dix-sept mille neuf cent quatorze religions agréées firent une prière commune, soutenus par le mugissement des sept dauphins cardinaux, les clappements des phoques de mer et les cognements des tortues géantes, carapace contre carapace. On crut voir passer l'ombre d'une baleine rouge mais il s'avéra que ce n'était qu'une illusion due à l'émotion. Ça pleurait fort, ça grouillait là-dessous, on ne voyait plus la roche.

Le jeûne débuta par une aube embrumée tout à fait en accord avec le recueillement général. Wilz ne parvenait pas à rester en place et virevoltait de chagrin, la tête à l'envers. Une inépuisable colère l'habitait. Il frappait les pierres du rocher de sa flèche, croyant désintégrer ses ennemis. Les femmes tentaient de le consoler. Les hommes lui disaient qu'ils étaient déjà passés par-là et que ça ne servait à rien de se mettre dans cet état. Wilz était resté gamin et s'en fichait bien de tout ce qu'on lui racontait. Sa puissance phénoménale mélangée à sa fureur incontrôlable en faisait un dangereux cocktail. Il manqua d'embrocher de très proches compagnons. On évita l'accident de justesse. L'ambiance était tendue et résignée. Quatre fois, l'obscurité noya les participants. Quatre fois, le lever du jour les surprit sans qu'aucun n'ait été distrait dans ses pensées, sans que Wilz ne parvint à se calmer. C'était le jeûne le plus long auquel personne ait jamais assisté. La faim devenait intenable mais personne ne mourait. La règle des jeûnes était immuable. La première mort arrêterait la cérémonie et l'on dévorerait Warda dans un ordre protocolaire strict réservé aux meilleures des Âmes Justes. La première bouchée pour Mlurk l'Ancien, la dernière bouchée pour Wilz. Il était prévu qu'il avale avec elle tout ce que Warda n'avait pu lui transmettre, tout ce qui lui serait nécessaire pour s'apaiser et mener une vie rectiligne. Il est possible que la peur de manger un morceau de Warda devant son géant de fils très énervé ait conduit les instincts de conservation des participants à leur limite. Wilz, malgré toutes les recommandations qu'on lui avait faites, n'hésiterait sans doute pas à embrocher le premier qui s'approcherait pour croquer un bout de sa mère défunte, ni même le second, ni tous les suivants.

La cinquième aube scintilla dès son premier instant. Le rocher devint incandescent, insupportable à regarder. Ils se prosternèrent, persuadés que la boule jaune tenait elle aussi à rendre hommage à la veuve de l'espadon.

Mlurk l'Ancien sentait la vie le quitter à grands pas. Il avait encore la force de pester contre ce coup du sort. Si quelqu'un pouvait mourir avant lui, il boufferait un bon morceau de la grande espadonne faisandée en tâchant d'éviter que l'immense fils décérébré qu'elle leur avait laissé ne l'embroche, et serait tiré d'affaire. Mais personne n'avait l'air de se décider à faire le premier pas. Sa science politique tant vantée ne lui était d'aucun secours pour se sortir de cette situation. Il regarda autour de lui, les autres aussi avaient l'air mal en point. Il s'aperçut que la daurade rose était seule, posée à plat sur un coin de rocher, prête à crever. Son compagnon l'avait quittée pour nager autour du rocher, à reculons, la tête à l'envers, tentant d'interrompre le temps qui passe, comme seules savent le faire les daurades roses. Mlurk s'approcha aimablement de la daurade à l'agonie.

- Ca va ? lui demanda-t-il en méditerranique, la langue usuelle entre nobles.

- Pas trop bien, non, je me sens partir, lui répondit la daurade.

- Ne dites pas de bêtises, lui dit Mlurk avec son grand sourire chaleureux.

Il fit mine de remonter à sa place, surtout pour observer si personne ne le regardait et redescendit d'un coup, se plaqua sur la daurade rose qui battit faiblement de la queue. Mlurk toussa un peu pour couvrir ces ultimes frétillements et lança ses deux pointes ventrales acérées, poussa le plus qu'il put pour injecter son poison mortel à la daurade.

- Deux petits trous... Avec toute l'émotion qui nous étreint, personne n'y prendra garde, pensa-t-il.

Il s'éloigna lentement comme un vieux mérou vacillant accablé par toute une vie de services rendus et attendit quelques instants avant de s'approcher du couple d'esturgeons des mers fermées.

- Elle a l'air morte, non ? dit-il au mâle de sa célèbre grosse voix grave, en montrant la daurade immobile.

L'esturgeon ouvrit des grands yeux.

- Elle est morte. La daurade est morte !

Le compagnon de la daurade se précipita pour embrasser sa compagne sur la bouche mais ce fut sans effet.

- Première mort, première mort ! lança-t-il d'une voix entrecoupée de sanglots.

La nouvelle se répandit tout autour du rocher. Les moines formèrent une haie qui menait jusqu'au corps de Warda. Le repas allait pouvoir commencer. Mlurk s'avança cérémonieusement, comme s'il n'avait pas faim du tout, les tripes vrombissantes, son œil mouillé guettant la réaction de Wilz. Celui-ci fut tout à coup possédé d'un grand calme. Il se dirigea vers le trou où sa mère avait fini ses jours et s'y engouffra en attendant qu'on l'appelle quand viendrait son tour.

La haie de moines s'ouvrit pour laisser le passage à un Mlurk rassuré. Les autres frétillaient tout autour, morts de faim. Mlurk sentit quelque chose tomber de la frontière. Il fit un petit écart et évita un panier plein de morceaux de sardines fraîches qui se posa lourdement en soulevant un petit nuage de sable. Il y eut un bref instant de stupeur et le panier fut aussitôt pris d'assaut.

- Ce sont les glissants ! dit Mlurk, ne mangez pas, frères !

Un horizon quadrillé rapetissa à toute vitesse devant ses yeux.

- Un filet ! Attention !

Mlurk se tassa au fond, se fit le plus plat possible pour échapper aux mailles. Une centaine de poissons de bonnes tailles qui n'avaient pas eu sa présence d'esprit se soulevèrent à ses côtés, emportés par le piège fatal. Les plus belles âmes de l'univers, tous ceux qui avaient été les concurrents de Mlurk dans l'exercice du pouvoir, s'élevèrent comme des fusées vers la frontière, tirés par des fils de pêche. Plus personne ne prenait garde à rien. La bagarre était violente pour être le premier à mordre aux hameçons brillants. Cela dura peu. Ce fut une grande hécatombe. Hormis Mlurk l'Ancien, qui happa un bon morceau de Warda avant de disparaître et mourut un peu plus tard déchiqueté par les racines, pas un n'en réchappa. Il ne restât que Wilz tout seul sous la surface. Sorti de son trou à reculons, il contemplait le désastre.

Il vit l'ombre des glissants au-dessus du rocher et fonça vers eux. Leur sort était scellé. Leur vie s'arrêtait là. Ils allaient disparaître, noyés pour toutes leurs infamies, leur embarcation pulvérisée par l'attaque d'un espadon furieux, le dernier des cent douze mers. La cible grossissait devant ses yeux, immanquable.

PLUS PÂLE

Je m'apprêtais à faire ma photo, à appuyer sur le déclencheur, lorsque j'ai senti une présence dans mon dos.

Axi était derrière moi, grand comme une statue, le pieu à requins serré dans ses deux mains levées. Je me suis demandé ce qu'il faisait là, pourquoi est-ce qu'il me regardait avec cet air bizarre ? Ça ne m'a pas empêché de garder mon œil collé au viseur. Axi a frappé de toutes ses forces de haut en bas. Le pieu m'a frôlé le long du bras, j'en porte encore la trace, ma peau est plus pâle à cet endroit. L'arme a éclaté le bois du bateau et s'est enfoncée profondément dans l'eau sous la force colossale du géant. Emporté par son élan, le pauvre Axi m'est tombé dessus et je me suis retrouvé écrasé par ses cent vingt-sept kilos en continuant à lutter pour sauvegarder mon cadrage. Lorsque Axi a été pris de tremblements, d'énormes mouvements fébriles, je n'ai pas compris. Ses mains qui n'avaient pas lâché le pieu s'agitaient de gauche à droite et de bas en haut sur une fréquence épileptique qui aurait passionné le bon docteur Rosario. Une grosse queue noire d'espadon est sortie de l'eau et m'a frappé au visage. Là aussi, près du front, ma peau en est restée plus pâle. J'ai appuyé sur le déclencheur à ce moment là.

Axi m'écrabouillait. Il avait piqué un espadon, le plus gros que l'on ait pu voir, pas loin de treize mètres, je m'en souviens très bien. Tous les marins ont été éclaboussés d'une gerbe de sang salée. Ils sont venus m'écraser pour aider Axi à ramener à la surface le miraculeux poisson géant, planté par hasard. Un espadon inconcevable, je ne crois pas qu'il s'en fut pêché d'autres après celui-ci. J'étais compressé, je manquais d'air, je croyais que j'allais mourir. C'était peut-être moi qu'Axi voulait tuer après tout ? J'ai du m'évanouir. Voyez, je vous l'avais dit, cette photo m'a donné du mal.

Ils m'ont réveillé d'un grand seau d'eau de mer en pleine figure. Ca m'a fait un bien fou. Le bateau était plein. Un seul poisson de plus et l'eau qui léchait les bords se serait engouffrée. Personne ne bougeait par peur de faire chavirer. Toutes les espèces qui peuplaient la mer en ce temps-là étaient représentées. C'était un spectacle formidable, un diamant sur l'eau, tous ces reflets sur ces écailles. Le soleil était haut dans le ciel. Quelqu'un a dit qu'il était midi. Ils se sont mis à chanter une vieille rengaine entraînante et martiale. Sans la connaître, je pressentis qu'elle avait été inventée par le camp des pauvres au début d'une guerre ingagnable. Elle exprimait pourtant de la joie, de l'enthousiasme. J'étais presque entièrement recouvert de poissons, seule ma tête dépassait. Ils m'observaient avec curiosité. Ils devaient croire que le reste de mon corps demeurerait enfoui jusqu'à ce que nous soyons revenus à la plage, ils me croyaient peut-être déjà mort ? Axi m'a regardé en souriant. L'espadon de treize mètres suspendu par la queue au petit mât central se balançait comme un drapeau qui annonçait une matinée différente des autres. La moitié de son corps traînait sur le pont et sa flèche me frôlait la joue par à-coups, au rythme du roulis, guidant vers mon visage son sang et ses humeurs.

Je me suis souvenu de lui, il avait disparu, et j'ai absolument voulu le retrouver. Ils se sont moqués de moi lorsque j'ai travaillé à m'extraire de leur pêche, une épaule d'abord, puis l'autre est venue plus facilement. J'ai pris appui sur des grands poissons plats aux nobles allures pour me sortir de là. Leurs épines me sont rentrées dans les paumes et j'ai saigné. Je me suis retrouvé à plat ventre sur un lit de poissons. Les yeux sans paupières de centaines de cadavres épouvantés me scrutaient. J'ai rampé avec la sensation bizarre que je ne saurais plus marcher. Mes jambes étaient sans doute trop ankylosées. J'ai lutté, j'ai cherché, j'ai creusé. Je savais que j'avais l'air ridicule mais je l'ai retrouvé, tout puant et tout poisseux de musc, sous deux énormes daurades roses collées par la bouche, mon beau CaptoMatic.

Ils ont éclaté de rire. Ils m'ont cru fou, bon à mettre en cage. Voilà ce qu'il cherchait ce crétin, son appareil photo.

- Ca va, Mikelito ? Tu nous as fait peur, m'a dit mon cousin.

Avant même qu'ils ne se jettent des regards complices, j'ai compris qu'ils voulaient s'amuser un peu avec moi. Ils se sont mis à ponctuer leurs phrases de grands éclats de rire et à dire n'importe quoi sans réfléchir pour se rendre intéressant. L'un d'entre eux a lancé l'idée qu'il méritait bien une petite photo lui aussi. J'ai minaudé et ils m'ont cru en péril. C'était exactement ce que je voulais qu'ils croient. J'avais bien pénétré leur enfantin mécanisme de pensée. Ils se sont obstinés pour que je leur prenne une photo de groupe, un souvenir de bande soudée. J'ai continué à refuser, ils se sont presque fâchés, alors j'ai fini par accepter en ayant l'air de céder. J'étais confondu par l'avantage qu'ils m'offraient, plein de compassion pour les sentiments contraires qui les habitaient et l'extrême dureté qu'ils osaient infliger à leur vie. Ces imbéciles avaient fait de moi le maître de l'appareil. J'en ai profité sans abuser. Je les ai obligés à prendre des poses et à sourire béatement pendant des minutes entières en plein soleil. Il m'est revenu comme un éclair que cela calmait les enfants obstinés à Mandana. J'avoue m'être un peu acharné sur Axi. Je l'ai contraint à se plier en quatre en prétextant que c'était le seul moyen pour qu'un géant comme lui soit en entier sur la photo. Les autres ne l'ont pas défendu, au contraire. Ce sont eux qui ont insisté lourdement pour qu'Axi m'obéisse. Ce groupe exploitait la moindre faiblesse qui s'offrait, mû par un renversant besoin de réconfort, cherchant à expier de nébuleuses fautes éternelles en sacrifiant sans distinction ennemi ou compagnon. J'ai pris plein de photos et nous avons bien ri. Une ambiance de camaraderie naissante a fini par régner et j'avoue m'y être laissé prendre, avoir senti comme eux mon cœur s'alléger. Axi a du ressentir un vague remords et il m'a donné une bourrade amicale. J'ai fait semblant d'avoir mal alors que je n'avais plus jamais mal depuis qu'à Mandana on m'avait appris à contrôler la douleur et la peur de la douleur. Mon cousin a grondé Axi en lui disant de faire attention, qu'il ne connaissait pas sa force. Nous étions tout près de la plage et mon sang bouillonnait de rejoindre le sol.

 Les femmes ont crié en nous voyant arriver. Moi, je me suis mis un peu à l'écart, allongé sur le sable, près des vagues qui me léchaient les pieds. Les arbres ployaient sous le vent, leurs craquements rendus inaudibles par les cris de joie. Il y a eu un attroupement sensationnel près de la barque, des rires, beaucoup de bonheur, des échanges confus de promesses intenables, un sentiment général de richesse subite. On mettait les poissons dans des cageots, on les ressortait pour les peser, on les coupait en morceaux, on s'en jetait à la figure. Personne n'a touché l'espadon. Ils ne pensaient qu'à lui mais n'osaient même pas le regarder. Il était trop gros, trop imposant. Il méritait sans doute la noblesse du crépuscule pour qu'on se permette de le défaire du mât où on l'avait accroché. Je n'ai pas attendu jusque là et je suis rentré chez moi en courant, mon Capto bien serré dans mes mains. La grande fête villageoise improvisée en l'honneur de cette pêche avait dégénéré et traversait les rues. Ce fut l'une des dernières, la dernière sans doute, puisque les lois Anti-Dégénérescence ont été votées peu après pour ne pas effrayer les premiers touristes qui venaient voir en vrai ce que je leur montrais sur ma photo.

Les gestes que j'avais appris à Mandana m'ont été d'une grande utilité. J'ai pu développer mon film moi-même. Ma photo ressemblait exactement à ce que j'avais en tête depuis toujours sauf qu'une ombre indistincte en voilait un des bords. La queue de l'espadon, sans doute, qui se rabattait, prête à me frapper ou qui s'éloignait après m'avoir frappé ? J'ai du appuyer sur le déclencheur juste avant qu'elle ne m'atteigne, un peu plus tard que je ne crois ou, peut-être, juste après, au milieu du fracas en tout cas. Quelle chance que la queue de cet animal gigantesque n'ait pas barrée tout l'horizon. J'ai bien aimé cette ombre et j'ai décidé de ne pas l'effacer. C'est le célèbre « cerné de bleu ». Certains m'on dit que c'est ce qui donne à ma photo ce je ne sais quoi qui la rend définitivement addictive. Allez savoir.

Les jours qui ont suivi, un bavassement s'est répandu, amplifié par les marins témoins de cette matinée. Mon index aurait été paralysé au moment d'appuyer, j'aurais été victime de nausées, c'est la queue de l'espadon qui aurait pris la photo en déclenchant mon appareil lorsqu'elle m'a frappé au visage. N'importe quoi. Par quel miracle la queue d'un espadon blessé à mort aurait-elle pu capter Tipita avec autant de grâce en plein chahut ?

J'ai expédié ma photo à un éditeur de la capitale. Tipita n'était pas encore le Monde Central, il y avait une capitale, une autre ville qui a été avalée par l'appétit jamais rassasié de Tipita. J'y avais joint un petit mot écrit à la main : « J'ai pris une photo de ma ville, monsieur, et je voudrais savoir ce que vous en pensez. », Oui cela s'est fait comme ça, tout simplement.

Un éditeur faisait des livres et tout ce qui peut s'imprimer sur du papier. Média-dévissante par essence, cette profession a été solutionnée parmi les premières, vous le savez, juste avant qu'on ne se rende compte que le papier lui-même était une matière à tendance déviante qui a trouvé sa place dans la Liste des Matières À Tendance

Déviante qui fait partie des Listes avec Autorisation Sous Contrôle. Le mieux pour ne pas commettre d'impair avant d'entreprendre reste souvent de consulter la Liste des Listes. Elle se trouve au Ministère Décision-Application. Une semaine après, j'ai reçu un chèque de quatre-vingt dix petos. Je l'ai montré à mon père et à ma mère. Ils ont haussé les épaules. Pourtant, c'était une somme. D'après ce que nous apprenions de Mariana, il lui fallait deux ou trois nuits de dur labeur sur les voies pour en gagner autant. L'éditeur a trouvé ma photo assez jolie pour en faire des cartes postales. J'ai négocié un et demi pour cent sur chaque carte postale vendue. Vous connaissez tous cet épisode de ma vie, il en a été tiré une Sérissat à succès : « La Négociation », 8 saisons, 96 épisodes, aujourd'hui moins rediffusée qu'autrefois. Plusieurs millions d'exemplaires de ma carte postale se sont vendues rien que les premiers jours. Ma photo a quelque chose, ce fameux je ne sais quoi, le « cerné de bleu » ? qui excite les touristes. Ils se demandent où peut bien se trouver ce coin béni de la planète. Ils décident de ne pas mourir sans l'avoir vu de leurs yeux. C'est ce qu'ils m'ont dit, je n'invente rien. Ma photo a commencé instantanément un extraordinaire tour des Mondes qui n'en finit pas, régulièrement remise en vente par les excellentes petites mains du Ministère Décision-Application.

 Forcément, au début, avant de le placer avantageusement dans le Matériau, j'ai connu une plage de temps indécise où je n'ai su que faire de mon argent. J'ai acheté une barque neuve à mon père, il est sorti faire un tour en mer et n'est jamais revenu. J'ai consulté les meilleurs spécialistes pour faire grandir Mendoï mais rien n'y a fait. Une patrouille est venue le chercher un matin comme c'est la règle. J'ai acheté aux enchères l'immense et sombre appartement du docteur Rosario et, entre deux baignades à la Piscine, c'est à cette époque que je me suis découvert de merveilleux talents de nageur de Piscine, j'ai dormi assez longtemps sans être préoccupé d'autre chose que de mettre de l'ordre dans mes rêves, de planifier mes remords.

Quand je me suis réveillé, décidé à partir à la recherche de nouveaux points de vue à photographier, tous les bateaux de pêche de toutes les côtes de toutes les mers s'étaient donnés rendez-vous ici pour satisfaire de longues files ininterrompues d'êtres humains prêts à embarquer. Ils voulaient tous voir Tipita. Ils erraient, ma carte postale à la main, suppliant que l'on accepte leurs bons petos contre une promenade en mer. Ils étaient des millions qui piétinaient depuis des dizaines de kilomètres à l'intérieur de nos terres jusqu'au quai de la Contre-Révolution, soulevant jusqu'aux nuages des montagnes de poussière. Grâce à ma carte postale, nous étions devenus la seule destination du genre humain, le but à atteindre. Cela s'est produit aussi simplement que je vous le raconte, presque sans raison. Nous n'avons pas laissé filer l'aubaine. Nos Plus Grands Esprits, courageux et visionnaires, se sont attelés à la réorganisation de notre société jusqu'à nous faire cadeau de l'étincelant concept de Vie Personnalisée, perpétuellement enrichi par de nouvelles règles inventées pour le fortifier dans l'harmonie. Elles sont toujours debout, preuve qu'elles étaient solides. La mise en place de notre étourdissant Âge d'or fut cependant catapulté dans la stabilité par l'Arrivée des Banques. Vous ne le savez peut-être pas, dernière fougueuse génération, mais la première de nos Grandes Parades fut organisée pour saluer l'installation simultanée de plusieurs dizaines de sièges bancaires à Tipita. Les chants Régionaux embrasaient la ville, soutenus par les couleurs vives de nos ravissantes tenues Folkloriques. À ces bienfaiteurs, nous avons offert, comme il se doit, les plus jolis endroits de Tipita pour qu'ils y construisent leurs retentissants palais de marbre. Ce sont les Banques Réunies qui ont transformé tous les bords monotones de nos mers en succession ininterrompue d'immeubles les plus hauts, inversement pyramidés pour les plus récents, miracle d'intensivité créatrice dans le gain de place. On construisit partout avec le souci permanent d'aplanir les difficultés, quelles que soient leurs tailles, jusqu'au moindre fossé, jusqu'à la plus petite colline.

On finança des navires de plus en plus gros et la construction des ports nécessaires à leur mouillage. Nous rions encore entre PPIN des petites chamailleries ancestrales concernant l'attribution des emplacements : Banque ou Port ? Port ou Banque ? Finalement, chaque Port a sa Banque et chaque Banque possède son Port. Nous avons été fouettés comme jamais par le dynamisme qui fait les grandes évolutions de notre espèce. Je songe que mon père aurait été fier de voir voguer d'aussi imposants bâtiments dans notre belle mer intérieure savamment rendue ultraplate, elle aussi, bravo la TIDA.

 C'est peu après cette Parade originelle que nous sommes sortis de la ville de Tipita pour créer Tipita ouest, nord, est, sud : Tip. En quelques-unes de mes années, notre nom s'est imposé à tous les Mondes. Nous avons amoncelé des richesses phénoménales et nous sommes toujours parvenus à former le nombre de BSA nécessaire à leur protection. Ce sera votre tâche pour le futur car nos richesses ont vocation à se multiplier sans contraintes et sans limites. Je n'ai pas la vanité de dire que tout cela est arrivé grâce à ma photo de Tipita, un seul petit cliché. Sans elle, cependant, rien d'aussi irrémédiablement positif ne se serait déclenché. Tout le monde sait qu'il est désormais impossible d'avoir une vision de Tipita qui ressemblerait à celle que j'ai immortalisée sur ma photo. Cela ne décourage pourtant pas les promeneurs en mer. Au contraire, ils affluent sans cesse, sûrs que dans la rectitude de nos côtes, leur séjour et leur promenade se dérouleront dans la sécurité.

 Vous avez remarqué comme notre Monde est pavoisé ces jours-ci ? C'est pour moi. Le Président est là, accompagné de tout ceux du Gouvernement National Régionalisé. Ils se sont déplacés pour fêter mes 50 ans de Vie Personnalisée. J'y vais. J'ai dormi nu sur le carrelage pour y trouver un peu de fraîcheur. J'ai eu tellement chaud avant de m'endormir que j'ai été une fois de plus mâchonné par la désagréable sensation que nos Mondes crépitaient. Ca doit être l'usure, 50 Ans Personnalisés ce n'est pas rien. J'ai bien le temps d'y aller mais je préfère partir en avance pour ne pas être en retard et aussi le soleil devrait être moins chaud qu'il ne le sera plus tard, normalement. Il y a un peu de remue-ménage dans l'avenue. Je crois qu'un détachement de BSA d'honneur s'y est déployé. Je les soupçonne de m'attendre en bas de l'escalier, certainement pour m'escorter jusqu'à la Piscine Monumentale, quelle gentille attention. Il ne me reste plus qu'à rassembler mon courage pour franchir la courte distance qui me sépare de ma porte. À moins de fermer les yeux, je serai obligé d'affronter mon image grotesquement démultipliée dans les immenses miroirs brisés qui tapissent les murs de mon appartement. C'est Rosario qui les a fait installer et je n'y ai jamais touché. Je n'aime pas m'y regarder. Je ne peux que louer le courage des petits groupes d'hommes décidés et entreprenants qui ont brisé tous les miroirs pour soutenir l'Application particulièrement lucide de la Loi Anti-Mirages. Je me souviens de leur avoir ouvert ma porte avec allégresse et d'être resté contemplatif devant leur magnifique fureur destructrice. Quel bon moment nous avons passé. Rien ne sert de ressembler à ce que l'on était hier si l'on sait de quoi demain sera fait. Ne souffrez plus. Enfouissez-vous dans votre Vie Personnalisée.

BIEN PLACÉ

La flèche de Wilz allait heurter le plancher de cette barque lorsque les âmes saccagées mais pas encore envolées des derniers Seigneurs de la mer s'unirent pour le munir de recommandations. La voix de Warda éclata à ses oreilles :

- Wilz ! N'oublie pas que tu es le dernier des espadons. Tu voudrais éliminer tous les glissants, l'espèce entière, d'un seul coup de flèche. Tu n'y parviendras pas en transperçant cette barque. Le seul glissant qui ne peut pas tuer de poissons est à son bord. Profite de l'instant, laisse-toi capturer maintenant et vise bien, transmets lui comme un présent ta rage de détruire.

Wilz se laissa convaincre. Le tout ne dura pas un cent millionième de marée. En mémoire de la veuve de l'espadon, Wilz sut inverser sa course jusqu'à l'inertie. Il crevât délicatement la frontière, et vint s'offrir au pieu d'un géant, certain d'avoir la force d'un ultime coup de queue bien placé.

FIN